Der Duft von Lavendel

Martina Sahler

Der Duft von Lavendel

Planet Girl

1

Köln, im September 1811

Nun geh schon! Fina zupfte an ihrer Schürze, während der Vater an dem wackeligen Holztisch saß und einen Kanten Haferbrot in die Schüssel mit warmer Milch brockte.

Weiße Spritzer schimmerten in seinem Bart, die Haare hingen ihm in fettigen Strähnen in die Stirn. Das schlürfende Geräusch, wenn er den Holzlöffel zum Mund führte, ließ Fina vor Ekel erschaudern.

Sie selbst hatte ihr Frühstück, eine heiße Honigmilch und ein Weck vom Vortag, schon beim ersten Hahnenschrei eingenommen und danach das schmalbrüstige Haus, in dem sie mit ihrem Vater wohnte, auf Vordermann gebracht.

Der Backsteinbau mit der faulenden Tür und den zwei Fensterchen in der Vorderfront befand sich eingezwängt zwischen dem wuchtigen Wirtshaus, dessen Spelunkenlärm ab den frühen Abendstunden die Wände erzittern ließ, und einem zweimal so hohen Giebelhaus, in dem ein Tagelöhner mit seinem ständig keifenden Weib und sechs schwarzfüßigen Kindern hauste.

Fina hielt ihr Zuhause so adrett und ordentlich, wie es angesichts der Umstände möglich war. Sie hatte die fadenscheinigen Decken auf den Holzbetten gefaltet, das Geschirr vom Abend abgespült, den Bullerofen gesäubert und Wasser im Krug vom Brunnen geholt.

Nun fegte sie mit dem Reisigbesen die Böden und lauerte darauf, dass ihr Vater das Haus verließ.

Aber Bernhard Bartel nahm sich Zeit, kaute in aller Ruhe die eingeweichten Brocken und stierte dabei vor sich auf die Tischplatte.

Fina schickte in Gedanken ein Stoßgebet zum Himmel, dass er an diesem Tag seinen Geschäften nachgehen möge. Wenn er zu Hause bliebe und sich wieder zu Bett legte, konnte sie ihr Vorhaben vergessen. Ein verlorener Tag. Er würde sie nicht ziehen lassen – oder eine Erklärung verlangen, die sie ihm nicht zu geben gedachte.

»Wo gehst du heute hin, Vater?«, fragte sie so beiläufig wie möglich, wie um nur ein Gespräch zu führen und nicht so, als fiebere sie seiner Antwort entgegen. Sie brannte darauf, zu erfahren, wann er sich endlich auf den Weg machen würde.

»Geht dich einen feuchten Kehricht an«, brummte der Alte, hob den Kump und setzte ihn an die Lippen, um die Reste herauszulecken.

Fina kämpfte gegen ein Würgen an. Sie sollte ihrem Vater beim Essen nicht zuschauen. Zumindest aber bedeutete seine Antwort, dass er tatsächlich jeden Moment das Haus verlassen würde. Wohin es ihn zog, kratzte sie ohnehin nicht.

»Besser, wenn du nicht zu viel von meinen Geschäften weißt«, fuhr der Vater fort. »Dann kommst du auch nicht in Schwierigkeiten.«

Fina nickte und führte den Besen in die Ecke hinter den Ofen, um Asche und Kohlestücke zu einem Häufchen zu kehren. Sie wusste, dass das, was ihr Vater tat, kriminell war – wenn auch in diesen Tagen allseits verbreitet. Kaum einer aus ihrem Viertel in Köln, der nicht in Schmuggelgeschäfte verwickelt war.

Was sollten die Hausarmen, die Tagelöhner, die ihre Arbeit verloren hatten, auch anderes tun, um ihren Familien den Hungertod zu ersparen? Irgendwie mussten sie ihre Francs ja verdienen, wenn sie nicht auf die Almosen der Kirche und auf die Bettelei angewiesen sein wollten.

Heerscharen von Textilarbeitern, Seidenwebern und Tabakspinnern standen am Rande des Abgrunds, seit sie im Frühjahr und Sommer zu Hunderten und Tausenden entlassen worden waren. Es gab zu wenig Tuch, das sie verarbeiten durften, und keinen Tabak zum Fermentieren. Und das alles wegen des Frankenkaisers.

Der Schleichhandel entwickelte sich unter der Franzosenherrschaft in Köln zu einem einträglichen Geschäft, wenn auch mehr für die Großen als für die Handlanger. Fina wusste, dass Kaiser Napoleon einen Handelskrieg gegen England führte, indem er englische Waren auf dem europäischen Kontinent verbot. Dies hatte dazu geführt, dass zum Beispiel kein englisches Tuch mehr über die Grenzen kam, wodurch ihr Vater seine Arbeit im Textilbetrieb verloren hatte.

Auch Kaffee und Zucker gab es kaum noch, weil der Import aus den englischen Kolonien unterbunden wurde, und wenn, dann waren diese Luxusgüter so unerschwinglich teuer, dass einfache Bürger wie Fina und ihr Vater sie sich nicht mehr leisten konnten.

So entwickelte sich die Schmuggelei, wie ihr der Vater einmal umständlich zu erklären versucht hatte, weil er annahm, Fina sei als Frau nicht imstande, sich ihre eigenen Gedanken zu machen. Sie verzichtete auf lange Dispute mit ihm, obwohl sie längst wusste, wie das lief: Was hier billiger war, ging nach England. Was es dort billiger gab, wurde herübergeschafft. Ein ganzes Heer von wild entschlossenen Zöllnern versuchte, den Schleichhandel zu unterbinden, aber das führte nur dazu, dass die Schmuggelbanden immer raffinierter vorgingen. Sie nutzten einen der wenigen Vorteile, die sie gegenüber den Franzosen hatten und mit dem sie ihnen die Schikanen heimzahlen konnten: Sie kannten sich besser aus, wussten von jedem Schlupfloch in der Stadtmauer, von jedem verborgenen Pfad in den Wäldern draußen vor den Wachtoren und in den verstreuten Dörfern rund um Köln.

Liefen die Geschäfte zufriedenstellend, verhielt sich ihr Vater still, löffelte stumm die Mahlzeiten in sich hinein, verbrachte die Tage bei seinen Handelspartnern und auf seinen Geheimwegen und trug am Abend grölend mit seinen Kumpanen das Geldsäckel ins benachbarte Wirtshaus.

Wenn er besonders gut gelaunt war, warf er auch mal seiner Tochter eine Münze zu, aber das kam selten vor.

Liefen die Geschäfte schlecht, lamentierte der Vater von morgens bis abends. Schimpfte wie ein Rohrspatz auf die Franzosen, die so großmännisch in Köln eingefallen waren, damals, im Jahr 1794, und allen Freiheit, Gleichheit, Brüderlichkeit versprochen hatten.

»Was ist davon geblieben, hm?«, fragte er immer mit erhobener Stimme seine Tochter, die sich jede Erwiderung verkniff, um ihn nicht noch mehr zu reizen.

Sie konnte doch nichts dafür, verdammt! Sie kannte es nicht mal anders mit ihren fünfzehn

Jahren. Seit ihrer Geburt war Köln französisch – Verwaltung, Währung und Amtssprache. Die meisten Leute, vor allem die jüngeren, sprachen besser Französisch als Deutsch, aber im Haus von Vater und Tochter Bartel in der Spielmannsgasse hörte man selten ein französisches Wort.

Der Vater hatte sich von Anfang an geweigert, die neue Sprache zu lernen, und Fina pflegte zu niemandem mehr Kontakt als zu ihm, sodass sie zu ihrem Leidwesen nur die nötigsten Begriffe auf Französisch kannte und sich ansonsten des Deutschen bediente. Aber das würde irgendwann ein Ende haben. *Hoffentlich,* ging es Fina durch den Kopf, während sie aus den Augenwinkeln beobachtete, wie ihr Vater sich erhob.

Ächzend zog er den Bund seiner Beinkleider hoch.

Eilfertig brachte ihm Fina aus dem Holzschrank Umhang und Stiefel, sein kostbarstes Gut, wie er immer behauptete. Er pflegte die Stiefel wie ein Lieblingskind, polierte und wienerte sie täglich mit einem weichen Tuch.

Sie öffnete ihm die Holztür, die in den Scharnieren knarrte. Das Morgenlicht der Septembersonne fiel in die Stube und erhellte das schäbige Mobiliar. Ein Schwall frischer Luft drang herein, vertrieb den Geruch nach feuchtem Holz und Ruß.

Mit breiten Schultern, das bärtige Gesicht ernst,

stand der Vater vor ihr und fasste mit seiner Pranke unter ihr Kinn, um ihr Gesicht anzuheben. Er betrachtete sie mit seinen dunklen Augen, deren Farbe er seiner Tochter vererbt hatte, und zog die Brauen zusammen. »Mach mir keine Fisimatenten, Hühnchen.«

Fina versuchte ein Lächeln, aber sie wusste, dass es misslang. Es gab nichts zu lächeln in diesen Zeiten.

»Mach ich nicht, Vater. Du kannst dich auf mich verlassen.« Sie strich eine Strähne ihres weißblonden, glatten Haars zurück.

»Vergiss nicht, dir Zöpfe zu binden und deine Haube aufzusetzen, wenn du rausgehst.«

»Bestimmt nicht, Vater.«

»Und wenn du mir einen Franzosenlumpen ins Haus bringst, schlag ich ihn tot. Das weißt du, oder?«

Fina nickte. »Ja, das weiß ich, Vater. Sorg dich nicht.«

»Wir werden schon einen anständigen Kerl für dich finden, irgendwann.«

Fina schluckte schwer und nickte. *Geh endlich!*

Ihr Vater schritt durch die Tür. Fina sah seinem schrankbreiten Rücken nach, als er die Spielmannsgasse entlangstapfte.

Sie drückte die Tür zu, hielt einen Moment lang den Knauf in der Hand.

Einen anständigen Kerl für dich finden … Die Worte des Vaters verursachten ihr, wie stets, das Gefühl, als läge ein Wackerstein in ihrem Magen.

Aber dann verscheuchte sie die trüben Gedanken, stieß sich von der Tür ab und räumte die Reste vom Mahl und die Schüssel vom Tisch.

Sie griff nach ihrem Schultertuch, legte es sich um Kopf und Dekolleté, schlüpfte in ihre Schuhe und zog die Handtafel mit dem an einem Faden baumelnden Stück Kreide hinter dem Ofen hervor. Einer der Händler an der Fischwaage beim Markt hatte das altertümliche Schreibutensil einen Moment zu lang unbeaufsichtigt gelassen. Fina hütete die Tafel, die sie mit flinken Fingern eingesteckt hatte, wie einen Schatz und verbarg sie nun unter ihrer Schürze.

Sie öffnete die Tür einen Spaltbreit und lugte nach rechts und nach links in der Befürchtung, ihr Vater könnte möglicherweise noch einmal zurückkehren, weil er etwas vergessen hatte.

Aber auf der staubigen Straße spielten nur die Kinder von nebenan, die mit selbst geschnitzten Holzgewehren Soldaten auf Schlachtfeldern imitierten. Zwei Hunde mit verfilztem Fell tollten um sie herum und wurden kurzerhand zu Rössern erklärt. Zur rechten Seite fegte die Wirtsfrau mit verbissener Miene den Weg.

Fina wartete, bis die Nachbarin wieder im Haus

verschwand, bevor sie sich hinausschlich. Die ins Spiel vertieften Kinder bemerkten sie nie.

Mit gesenktem Kopf lief sie in Richtung Severinstraße und dann schnurstracks geradeaus. Der Weg war ihr so vertraut, seit vielen Monaten legte sie ihn fast täglich zurück.

Zerlumpte Bettler und zwielichtige Streuner begegneten ihr, schnalzende Kutscher, die vornehme Herrschaften zum Heumarkt brachten, breitbeinig stapfende Bauern, die ihr Vieh zum Markt trieben.

Aber keiner beachtete sie – niemand interessierte sich für eine Fünfzehnjährige, die unter ihrem Kittel eine Schreibtafel verborgen hielt und den Pflasterweg Richtung Bürgerschule einschlug.

Endlich tauchte das Steingebäude mit der imposanten Pforte auf. In den Wiesen davor schimmerte der Morgentau. Die Schüler hatten bereits ihre Plätze in den Räumen eingenommen und lauschten dem Unterricht.

Fina wusste, dass sie heute zu spät kam, weil ihr Vater sich so viel Zeit für das Frühstück gelassen hatte. Sie hoffte, nichts Wichtiges verpasst zu haben.

Statt aber über den Weg zwischen den Wiesen auf die Pforte zuzugehen, schlug Fina den Pfad links um das Gebäude herum ein, vorbei an den Kastanien, die hier an den Sommertagen mit ausgebreiteten Armen Schatten boten.

Aber die heißen Tage waren vorbei. Jetzt, im September, lag bereits ein Hauch von Herbst in der Luft. Die Blätter der Bäume nahmen eine goldgelbe Farbe an, die Früchte der Kastanien hingen schwer in ihrer stacheligen Hülle. Bald würden sie abfallen und die Wiesen bedecken.

Wie eine Katze schlich Fina um das schmucklose Gebäude herum, auf die Rückseite zu.

Unter den weit geöffneten Fenstern des hinteren Raumes, zwischen dichtem Brombeergestrüpp, befand sich ihr Stammplatz, ihr Versteck. Hier gab es einen Baumstumpf, von dem aus sie einen wunderbaren Blick mitten hinein ins Klassenzimmer hatte.

Sie hätte es nicht besser treffen können, fand Fina, obwohl die Brombeerranken ihr schon so manchen blutigen Kratzer über die Arme gezogen hatten. Dafür wuchs ihr um diese Jahreszeit zum Greifen nah eine köstliche Vesper: Wann immer die Lust sie überkam, brauchte sie sich nur eine Handvoll der prallen Beeren zu pflücken. Obwohl es freilich nicht der Appetit auf die schwarzblauen Früchte war, der sie Tag für Tag hertrieb.

Gevatter Zufall hatte sie damals, im Frühjahr, als sie mit sehnsuchtsvollen Blicken um die Schule herumgeschlichen war, an diese Stelle geführt. Das Fenster stand sperrangelweit offen, obwohl erst wenige Tage zuvor die Schneeschmelze eingesetzt hatte. Sie war herangeschlichen und hatte jedes Wort, das im Klassenraum fiel, mitverfolgen können. Und so auch am nächsten und am übernächsten Tag.

Einmal hörte Fina, wie einer der Schüler die Bitte vortrug, das Fenster schließen zu dürfen, und sie kicherte in ihre Faust, als sie den Lehrer das Hohelied der frischen Luft anstimmen hörte, während sich die Jungen bibbernd die Jacken überwarfen und mit den Zähnen klapperten. Das rührte den kleinen Mann in seinem grünen Rock aber nicht, während er, auf einen Stock gestützt, mit gebeugtem Rücken vor den Schülerreihen auf und ab ging. Seine kleinen Augen blitzten listig in einem runden Gesicht, das nur aus Runzeln und Falten zu bestehen schien.

Was Finas Glück zunächst perfekt machte: Es war eine Klasse für die Jüngsten. Sie lernten Schreiben, Deutsch und Französisch, und Rechnen mit den einfachsten Zahlen. Manchmal gab es auch Unterricht in Heimatkunde, an anderen Tagen wiederum trug der Lehrer alte Sagen und Mythen in wohlgesetzten Worten vor. Doch während die Jungen in der Klasse ein ums andere Mal darum ringen mussten, über ihren Büchern nicht einzunicken und mit der Stirn aufs Tischholz zu schlagen, nahm Fina all dies mit höchster Konzentration und Wissbegier auf. Schon nach wenigen

Wochen ging es ihr viel zu langsam mit dem Unterricht voran, aber einen so guten Platz wie hier bei den Jüngsten gab es in Hörweite der Älteren nicht. Sie belegten die erste Etage des Schulgebäudes – unerreichbar für Fina. Sonst hätte sie sich längst eigenhändig in die höhere Klasse versetzt.

So hockte sie in ihrem Versteck, versuchte, nur ja kein Wort zu verpassen, und krakelte, wann immer sie es für nötig hielt, Merkwörter auf ihre Tafel.

Es beglückte sie über alle Maßen, dass sie immer mehr Wörter beherrschte und wie es ihr gelang, die Zahlen in runden Bögen und mit zackigen Kanten auf die Tafel zu kritzeln.

Was sie hier aufschnappte, übte sie dann abends in ihrer Kammer ein ums andere Mal, bis sie es in Perfektion beherrschte.

Wie viel leichter wäre alles, wenn ihr Vater bereit wäre, Schulgeld für sie zu bezahlen, und sie am Unterricht teilnehmen ließe. Ganz sicher würde sie zu den Besten ihrer Klasse gehören, wenn man sie nur ließe.

Manches Mal kauerte sie in ihrem Versteck und wackelte vor Ungeduld mit den Füßen, wenn sie beobachtete, wie sich die dümmeren Schüler an der Tafel abmühten, um dann für ihre fehlerhaften Schmierereien vom Lehrer mit dem Rohrstock etwas auf die Finger zu bekommen.

Sie würde keine Prügel einstecken müssen, da war sie sicher. Sie würde allen zeigen, wie es richtig ging.

Aber, ach … würde, hätte, könnte. Träume waren das, nichts weiter. Ein Schulbesuch blieb ihr verwehrt. Nicht nur, weil ihrem Vater das Geld dafür zu schade war – er sah auch nicht ein, warum ein Mädchen überhaupt lesen und rechnen sollte. Wofür brauchte sie diese Kenntnisse, wenn sie doch dazu bestimmt war, irgendwann einem Mann den Haushalt zu führen und ihm Kinder zu gebären?

Fina selbst wusste keine Antwort darauf. Sie wusste nicht, warum sie sich die Mühe machte, Tag für Tag zu dieser Schule zu eilen, um sich das Wissen, das anderen so selbstverständlich vermittelt wurde, zu ergaunern.

Sie wusste aber, dass es sie mit Freude und Stolz erfüllte, wenn sich ihre Kenntnisse und Fähigkeiten festsetzten und vermehrten; wenn sie beim Handeln auf dem Gemüsemarkt niemand übers Ohr hauen konnte, weil sie die Münzen kannte und auch die Zahlen darauf zusammenzuzählen vermochte.

Vielleicht, eines fernen Tages, würde es ihr sogar gelingen, ein Buch zu lesen. Oh, wie freute sie sich auf diesen Tag!

Wie herrlich musste es sein, all die Mythen und

Legenden, von denen sie bisher nur gehört hatte, selbst zu lesen, ganz allein auf eine Fantasiereise zu gehen, sich in einer stillen Ecke verzaubern zu lassen von den Ideen der Dichter.

Beim Lesen, so stellte sie sich vor, konnte sie wie in einem Traum ferne Länder besuchen, spannende Abenteuer erleben, faszinierende Freunde finden … Wie viel reicher würde ihr Leben sein!

Doch noch war daran nicht zu denken.

Fina schob die Zungenspitze zwischen die Lippen, während sie die neuen Buchstaben auf ihre Tafel malte, die der Lehrer mit seiner quäkenden Stimme vorlas und auf die er mit einem Zeigestock wies.

Sie sah, dass die Schüler die Köpfe über die Pulte gebeugt hatten. Manche schienen fast mit der Nasenspitze zu schreiben. Immer wieder schaute sie auf ihre Tafel und verglich die Zeichen, die sie malte, mit denen auf dem Schaubild.

Ja, so war es gut … Sie lächelte vor sich hin, während sie ihre Tafel mit Reihen voller »M« befüllte. »M« wie Mahl, wie Muckefuck, wie Mutter …

Mutter … Sie erlaubte ihren Gedanken, für eine kurze Zeit abzuschweifen, zupfte sich drei, vier Beeren vom nächsten Zweig, während der Lehrer einen der fauleren Schüler, der immer nur »W« statt »M« zu Papier brachte, am Ohr nach vorn zur Tafel zog, um ihn zu maßregeln.

Wie wäre ihre Kindheit und Jugend verlaufen, wenn ihre Mutter noch lebte?

Fina war gerade sechs Sommer alt gewesen, als ihre Mutter starb. Sie erinnerte sich an ihr Summen nach dem Nachtgebet, an ihren Geruch nach Seife an den Sonntagen, an ihr madonnenhaftes Lächeln und ihre weichen Arme, wann immer sie sich auf ihrem Schoß zusammenkuschelte.

Aber am stärksten war die letzte Erinnerung. Mutters wächsernes Gesicht, von der gleichen Farbe wie das Leinen des Kopfkissens, die eingefallenen Wangen, die geschlossenen Augen, der leicht geöffnete Mund mit den blassen, vertrockneten Lippen, in ihren Armen der starre Säugling mit bläulich schimmernder Wangenhaut, der keinen Mucks von sich gab.

»Der Herr sei ihrer Seele gnädig«, murmelte die Hebamme, schlang sich das wollene Tuch um den Kopf und griff nach ihrer verschlissenen ledernen Tasche. Sie strich Fina mit krummen Fingern durch die Haare. »Armes Wurm.« Dem Vater, der mit unbewegter Miene auf seine Frau und den toten Sohn starrte, reichte sie die Hand.

Lange hatte Fina am Totenbett gesessen, die Hand ihrer Mutter gehalten, die in ihren Fingern kalt und kälter wurde.

Tränen waren ihr über die Wangen gelaufen, während sie in das starre Gesicht mit den geschlossenen Augen geblickt und versucht hatte, sich diese Züge für immer einzuprägen. Warum nur war der Herrgott so grausam und nahm ihr das Liebste, was sie hatte? Wie sollte es ohne ihre geliebte Mutter weitergehen? Damals konnte sie sich ein Leben allein mit ihrem Vater nicht vorstellen.

Die Mutter und das Kind waren dann auf den Friedhof vor den Toren der Stadt gebracht worden.

»Putz die Stube, Fina«, raunzte ihr Vater sie an, und sie griff zum Tuch und scheuerte über die Blutflecken auf den Holzdielen, bis ihre Finger selbst blutig waren. Die Bettwäsche tunkte sie in den Trog im Hof und rieb sie über das Waschbrett, bis ihre Hände aufquollen. Nichts sollte die Erinnerung an ihre Mutter auslöschen, so hoffte sie damals. Aber sie musste sich heute doch eingestehen, dass das Bild, das sie von ihrer Mama hatte, immer blasser wurde, dass sie sich an manchen Tagen nur mit Mühe an das Glitzern in ihren Augen erinnern konnte, an den hellen Ton ihres Lachens, der das Haus trotz der Not, die sie litten, mit Freude und Leben erfüllt hatte. *Ach, Mama …*

Fina spürte erneut die Tränen aufsteigen und wischte mit dem Blusenärmel über ihre Augen. Sie holte tief Luft und blickte wieder in den Klassenraum, aber dort übten sie immer noch das »M«.

In diesem Moment bimmelte die Glocke, die den Unterricht beendete.

Sofort begann Finas Herz, schneller zu schlagen. Für die jüngeren Schüler endete hier der Unterricht, manchmal auch für die älteren. Sie verbrachten die Pause auf den Bänken an der Wiese rund um das Schulgebäude.

Vielleicht, vielleicht … hatte sie an diesem Tag Glück und würde *ihn* sehen.

Insgeheim bezeichnete Fina es als ihre ganz persönliche Belohnung, nachdem sie so fleißig mitgelernt hatte, einen Blick auf *ihn* werfen zu dürfen. Einen Moment lang aus der Entfernung und unbemerkt auf ihn schauen zu dürfen und davon zu träumen, wie es wäre, ein paar Sätze mit ihm zu reden, aus der Nähe in seine Augen zu blicken, die ihr aus der Entfernung erschienen wie funkelnde Saphire, so himmelblau und lebendig.

Sie versteckte die Tafel wieder in der Tasche unter ihrer Schürze, zog sich das Schultertuch über den Kopf und schlich gebückt aus ihrem Versteck.

Sie eilte hinter die Mauer, die das Schulgebäude umgab, und tippelte zu der Stelle, die vom Stamm einer Kastanie verborgen war und von wo aus sie, mit der Nase über den Backsteinen, bis zur Schulpforte blicken konnte.

Da eilten sie heraus, zuerst die Kleineren, die ihre Ungeduld kaum bremsen konnten und, wie Fina ahnte, am liebsten ungestüm losgeflitzt wären, um so schnell wie möglich wieder daheim zu sein. Die Älteren folgten gelassener, die meisten trugen gut sitzende Anzüge, an manchen Waden schimmerten weiße Strümpfe.

Sie sog die Luft ein und biss sich auf die Unterlippe, als sie *ihn* erblickte.

Er trug eine blaue Jacke mit Messingknöpfen, dazu eine samtene Kniebundhose und Stulpenstiefel. Sein Kopf ragte über der Gruppe von jungen Männern auf, die mit ihm das Schulgebäude verließen, die weizenblonden Haare schimmerten im Sonnenlicht und fielen ihm lockig bis auf die Schultern.

Fina konnte den Blick nicht von ihm lassen, beobachtete von ihrem Versteck aus, wie er mit seinen Mitschülern lachte und scherzte, sah die beiden Grübchen, die sich in seinen Wangen bildeten, wann immer er lächelte und seine weißen Zähne zeigte.

Doch es war nicht diese Fröhlichkeit, die Fina so faszinierte. Oft genug hatte sie ihn ertappt, wie er inmitten der Gruppe plötzlich mit melancholischem Blick in die Ferne schaute, als lösten sich seine Gedanken aus dem Geplänkel der anderen und gingen auf Reisen.

Wie gern hätte sie sich in diesen Momenten bei ihm eingehakt und ihn nach seinen Träumen gefragt, wäre gemeinsam mit ihm auf die Fantasiereise gegangen, die sich hinter seiner Stirn abspielte, hätte ihm aus nächster Nähe in die Augen geblickt und wäre darin versunken wie in einem glasklaren See.

An manchen Tagen beobachtete Fina, wie ihr Angebeteter auf eine Kutsche zueilte, die ihn an der Schulpforte abholte. Manchmal begleitete ihn dann ein jüngerer, mürrisch dreinblickender Schüler, der ein Bruder oder Cousin sein mochte.

Sie konnte immer nur den Mann auf dem Kutschbock sehen, nicht, wer sich in dem Gefährt befand, aber sie war sicher, dass seine Familie zu den vornehmsten Bürgern von Köln gehörte. Seine Kleidung, seine Stimme, sein Gebaren … alles an ihm war hochherrschaftlich, daran gab es nicht den geringsten Zweifel.

Ein Seufzer entschlüpfte ihr, als ihr der Gedanke kam, dass ihr Vater einen solchen jungen Mann gewiss nicht im Sinn hatte, wenn er – wie in letzter Zeit immer häufiger – davon sprach, dass sie bald einen »anständigen Kerl« für sie finden würden.

An anderen Tagen wurde der junge Mann von niemandem abgeholt und schlug den Weg über die Severinstraße in Richtung Heumarkt ein, die Schulbücher unter den Arm geklemmt, der Schritt weit ausholend und federnd.

Dann schaute Fina ihm von ihrem Versteck aus nach, bis seine lange Gestalt mit den schmalen

Schultern und dem zweigeteilten Rockschoß bis zu den Oberschenkeln immer kleiner und kleiner wurde und schließlich hinter der nächsten Straßenbiegung verschwand.

Ein einziges Mal hatte sie gewagt, ihm zu folgen. Auf leisen Sohlen war sie hinter ihm hergeschlichen, hatte sich an jeder Hauswand, jedem Gebüsch verborgen, und war dann wieder ein paar Meter gelaufen, um ihn nicht aus den Augen zu verlieren. Doch plötzlich war er stehen geblieben, hatte sich mit einem Ruck umgedreht und war wieder zurückgekehrt.

Fina wäre fast in Ohnmacht gefallen, als er auf sie zukam. Hatte er sie entdeckt und wollte sie zur Rede stellen, was ihr denn einfiele, ihm nachzustellen? Das Herz sprang ihr fast aus der Brust, ihr Puls raste …

Aber nein. Ohne auch nur einen Blick in ihre Richtung zu werfen, war er an ihr vorbeigehastet. Während Fina sich schwer atmend an die nächste Mauer lehnte, um ihre Fassung wiederzugewinnen, überlegte sie, dass er vermutlich in der Schule etwas vergessen hatte und deswegen umgekehrt war. Aber der Schreck war ihr dermaßen in die Glieder gefahren, dass sie es nach diesem Vorfall nie mehr gewagt hatte, ihm zu folgen.

Im Augenblick gäbe sie ihre rechte Hand dafür, wenn sie nur wüsste, wie er hieß. Sosehr sie sich auch angestrengt hatte, um herauszuhören, wie die anderen ihn riefen – es war ihr bisher nicht gelungen, seinen Namen zu erfahren.

Also gab sie ihm selbst einen.

Sie nannte ihn bei sich ihren *Sternenprinzen*. Wegen seiner Augen und weil er für sie wie ein Prinz war: ein junger Mann, der ihre Träume beflügelte und sie in ihren Fantasien aus dem Elend rettete. Der Mann, der hinter dem Schmutz und den zerschlissenen Kleidern das Mädchen sah, das seine Prinzessin sein konnte – und wollte.

Wie es wohl wäre, wenn er sie in seine Arme zöge …? Wie er wohl duftete …? Wie es sich anfühlte, wenn sein warmer Atem ihren Hals, ihre Wange streifte?

Ob es ihm gefiele, wenn sie ihm mit zarten Fingern die Haare aus dem Gesicht strich?

Vielleicht hätte er sogar einen Kosenamen für sie, so wie sie für ihn. »Mein Sternenprinz«, würde sie ihm zuflüstern und sich an seinem Lächeln erfreuen.

Seine Arme sollten sie umschlingen, als wollte er sie nie wieder loslassen, und sie würde sich so geschützt und geborgen fühlen wie noch nie zuvor in ihrem Leben.

Fina wurde das Herz schwer, als sie erkannte, dass ihre Fantasie mal wieder Kapriolen schlug. Sie schalt sich selbst eine Närrin, sich solchen Tagträumen hinzugeben. Schließlich wusste sie, dass sie sich niemals erfüllen würden – sie sollte also lieber zusehen, dass sie ihren Alltag, diese elende Plackerei in Armut und Not, bewältigt bekam, anstatt die Zeit mit Schwärmerei zu verschwenden.

Sie mochte sich nicht ausmalen, wie die Wahrheit aussah: Wenn nämlich ihr Sternenprinz tatsächlich einmal mitbekommen würde, wie sie ihn aus der Ferne bewunderte und anhimmelte. Lachen würde er, aus voller Kehle, und sie eine Närrin schimpfen, mit dem Finger auf sie zeigen, auf ihr geflicktes Kleid, ihre löchrigen Schuhe, ihre von der Hausarbeit zerschundenen Hände.

Für Mädchen wie sie, die auf der Schattenseite des Lebens zu Hause waren, gab es kein Entkommen.

Nur in ihren Träumen.

2

»Zieh dein schönstes Kleid an und putz dich heraus, Hühnchen!«

Fina sah von der Stiege auf, auf der sie kniete, eine Scheuerbürste in der Hand. Mit dem Unterarm wischte sie sich eine Haarsträhne aus der Stirn, die sich unter dem Kopftuch hervorgeschoben hatte.

»Gehen wir aus, Vater?«

Bernhard Bartel brummte etwas Zustimmendes in seinen Bart und ließ sich auf den Stuhl am Küchentisch plumpsen, ohne seinen Umhang abzulegen oder die Stiefel auszuziehen. »Mach flugs. Wir werden schon erwartet.«

»Wohin gehen wir?«

»Beeilen sollst du dich und keine törichten Fragen stellen!«

»Ja, Vater.« Fina richtete sich auf, brachte die Bürste und den Wasserkübel in den Hof und sprang dann die Stiege hinauf in ihre Kammer.

Zieh dein schönstes Kleid an.

Was für ein Hohn, ging es Fina durch den Kopf. Sie besaß überhaupt kein schönes Kleid, geschweige denn ein schönstes.

Wie gern hätte sie sich nach der neuesten Mode herausgeputzt, mit Bändern und weich fließenden Stoffen bis zu den Knöcheln.

Aber was Mode war und was nicht, das spielte in dem Viertel, in dem sie lebte, keine Rolle. Hier trugen die Frauen derbe, praktische Kleider aus grobem Wollstoff.

Sie selbst besaß ein braunes und ein dunkelblaues Kleid mit Schulterträgern. Bei der Hausarbeit trug sie darüber eine Schürze.

Sich herauszuputzen bedeutete für sie, die Schürze abzunehmen, die Haare zu kämmen und ordentlich zu einem Kranz zu flechten. Und genau das tat Fina nun auch mit geübten Griffen.

Sie schaute in den fast blinden Spiegel, der über ihrem Waschtisch hing, und blickte in braune Augen, über denen ein Schleier zu hängen schien.

Unnatürlich groß wirkten ihre Augen, weil ihr Gesicht so schmal war, der Mund so zierlich, und die perlblonden Haare, die ihre Züge nun in Flechten umrahmten, verstärkten noch den blassen Eindruck.

Es scherte Fina nicht. Wen interessierte es schon, ob sie schmuck aussah oder nicht?

Einen ordentlichen Eindruck sollte sie machen, wenn ihr Vater sie zu seinen Handelsfreunden mitnahm. Das sollte ihr wohl gelingen.

In den letzten Wochen war es einige Male vorgekommen, dass der Vater ihr aufgetragen hatte, sie bei einem Geschäftsbesuch zu begleiten. Sie verstand den Grund nicht so ganz, hoffte aber, dass sie als einigermaßen wohlgeratene Tochter lediglich zum respektablen Gesamtbild beitragen sollte, das ihr Vater vorzustellen gedachte. Wenn's denn half, würde sie sich nicht sträuben, auch wenn sie sonst nichts vom Schleichhandel hielt.

Verbrecherisch war das, womit ihr Vater ihren Unterhalt erwirtschaftete. Ein Trost war ihr nur, dass es in ihrem Viertel kaum einen gab, der nicht in diese Machenschaften verwickelt war und der Gendarmerie eine lange Nase drehte. Laut genug spotteten die losen Vögel nach dem dritten Krug Bier, wenn sie sich im Wirtshaus herumdrückten. Wie sie die abenteuerlichsten Geschichten zum Besten gaben und sich gegenseitig zu übertreffen versuchten, mit welch Witz und Dreistigkeit sie die Zöllner übertölpelt hatten, um anschließend genüsslich ein Pfeifchen Tabak aus der Konterbandenkiste zu paffen.

Eine ganz andere Art von Gaunern stellten die Männer dar, die ihr Vater seine Geschäftsfreunde nannte. Das waren nicht selten hoch angesehene

Bürger, die um Spelunken wie die in der Spielmannsgasse einen Bogen schlugen. Diese Herren mit den sauberen Westen und den blitzenden Uhrenketten schlugen den größten Profit aus dem Schleichhandel, während den im Schatten huschenden Handlangern das ganze Risiko anhaftete.

Fina wusste, wie gefährlich es war, was ihr Vater trieb. Und es machte ihr Angst. Was, wenn er eines Tages erwischt wurde oder – schlimmer noch – sein Leben ließ? Was würde dann aus ihr werden? Sie hatte doch sonst niemanden …

Die Treffen, an denen Fina in der Vergangenheit teilgenommen hatte, waren unterschiedlich verlaufen. Mal beachtete sie der Handelsfreund ihres Vaters gar nicht, und sie stand da wie ein Tropf und wartete, dass die Männer ihre Geschäfte besprachen.

Ein anderes Mal war sie vor die Tür geschickt worden, wo sie sich die Beine in den Bauch gestanden hatte, bis ihr Vater endlich mit finsterer Miene wieder herausstapfte.

Aber bei drei, vier Gelegenheiten war auch Merkwürdiges geschehen. Es waren Wirtsleute und ein Metzger gewesen, wie Fina sich erinnerte, vierschrötige Gestalten, der eine mit lederner Gesichtshaut, der andere mit kahlem Schädel, einer mit Buckel, einer scheel mit einer schwarzen Klappe über dem Auge.

Fina erinnerte sich mit einem Schaudern daran, wie die Männer sie nach kurzem Wortwechsel mit ihrem Vater auf einmal in den Mittelpunkt gerückt hatten, um sie herumgeschlichen waren wie Wölfe um ein Lamm und sie mit düsterem Gesichtsausdruck gemustert hatten.

»Zu mager«, hatte der Metzger schließlich gemurmelt.

»Viel zu blass, die verreckt mir doch im nächsten Winter«, meinte einer der Gastwirte.

»Zu jung«, erklärten die anderen beiden.

Fina hatte bei der Musterung ihre Finger ineinander verschränkt, damit keiner merkte, dass sie zitterten. *Was ging hier vor?* Ihren bohrenden Blicken wich der Vater aus, strich sich mit Daumen und Zeigefinger über den Schnauzbart, als sei er verlegen wie sie und wüsste nicht, wohin mit seinen Händen.

Gewitterwolken trieben über den bleigrauen Himmel, als Fina nun neben ihrem Vater in Richtung Alter Markt lief. Ein kräftiger Wind blies in Böen durch die Straßen der Stadt, ließ die Menschen mit hochgezogenen Schultern, die Hüte tief in die Gesichter gezogen, in ihre Häuser und in die Wirtsstuben eilen.

Fina schlang die Arme um ihren Körper, ihre Nasenspitze kalt wie ein Eiskristall, die Haare bereits nach wenigen Schritten zerzaust.

Bernhard Bartel hastete über das Pflaster. Sie musste immer wieder einen weiteren Schritt einlegen, um mitzuhalten.

»Schadet nichts, wenn du heute auch mal lächelst«, brummte Bernhard. »Halt den Blick züchtig gesenkt und lächle. Vielleicht bekommen dann ja auch deine Wangen eine gesündere Farbe.«

»Aber Vater, ich verstehe nicht …« Sie hasste es, wenn er sie dazu verdonnerte, mit einer Miene wie ein Tölpel den Mund zu halten.

»Schweig still! Zu verstehen gibt es hier für dich nichts. Der Tuchhändler Reiter ist einer der einflussreichsten Handelsmänner in Köln. Wenn ich mit ihm nachhaltig ins Geschäft komme, haben wir ausgesorgt. Dann ist auch mal ein neues Kleid für dich drin.«

Fina hob eine Braue und schwieg. Das klang zu schön, als dass die Sache nicht einen Haken haben musste.

Bernhard hob im Gehen den Zeigefinger. »Aber es hängt auch von dir ab! Also stell dich nicht töricht an wie eine Gänsemagd, sondern zeig, was du zu bieten hast.«

Was ich zu bieten habe?, ging es Fina durch den Kopf. *Wie soll ich das zeigen, wenn ich es selbst nicht weiß? Was meint er bloß damit?*

Aber sie schwieg und trippelte weiter fröstelnd neben ihrem Vater her, bis sie in die Nähe des Alten Markts kamen. Ein Blitz zuckte drüben auf der anderen Rheinseite über den Dächern von Deutz, kurz darauf rumpelte ein Donnern über die Stadt.

Im Eilschritt erreichten Fina und ihr Vater das Viertel mit Boutiquen und Cafés, in dem Fina nur selten zuvor gewesen war.

Ehrfürchtig blickte sie sich um, sah die feinen Herrschaften in ihren edlen Kutschen passieren, die Herren in bestickten Anzügen, zierliche Degen an der Seite, die Damen in ihren reich verzierten Garderoben … Doch der aufziehende Sturm trieb auch sie zur Eile an.

Fina schluckte schwer. In ihrem eigenen Viertel war sie eine von vielen, hier fühlte sie sich fremd und unpassend. Und so schäbig …

Sie merkte, wie die Passanten ihr und ihrem Vater aus den Augenwinkeln Blicke zuwarfen, wie sie hinter vorgehaltener Hand tuschelten und die Straßenseite wechselten.

So peinlich … Hoffentlich ging der Besuch bei diesem Tuchhändler schnell vonstatten! So hässlich ihr eigenes Viertel auch anmutete, dort fühlte sie sich wenigstens zugehörig, nicht wie eine Aussätzige.

Endlich erreichten sie das gepflegte, zweigeschossige Gebäude, in dem der Händler sein Kontor betrieb. Ein weiterer Blitz durchschnitt den Himmel, unmittelbar gefolgt von einem ohrenbetäubenden Krachen, als wäre er am anderen Ende der Stadt eingeschlagen. Fina zuckte heftig zusammen und war erleichtert, als endlich die Tür aufglitt.

Ein spindeldürrer Sekretär mit Ziegenbart öffnete ihnen die zweiflügelige Tür und führte sie, ihnen den Rücken zugewandt, mit einer ausholenden Handbewegung über eine polierte, geschwungene Treppe in die erste Etage, wo sich das Geschäftsbüro befand. Fina vermutete, dass er anderen Kunden oder Handelsfreunden ehrerbietiger begegnete. Sein knochiger Rücken war vom vielen Buckeln ganz gebogen, aber in ihr und ihrem Vater erkannte er offenbar gleich den Pöbel, für den er sich nicht zu verbiegen gedachte.

Der Händler Reiter kauerte hinter seinem imposanten Schreibtisch wie ein gemästeter Eber und führte den Federkiel über ein Blatt, bevor er einen Finger an der dicken Unterlippe befeuchtete und zum nächsten Vertrag blätterte, den er zu unterzeichnen gedachte. Graue Stoppeln sprossen auf seinem ansonsten kahlen Schädel wie auf einem verdorrenden Acker, die fleischigen, riesigen Ohren an den Seiten schimmerten wie Geschwüre kurz vorm Platzen.

Obwohl er saß, vermutete Fina eine gewaltige Körpermasse, die er nur beschwerlich in die Höhe zu stemmen vermochte. Seine Finger, die den Federkiel hielten, sahen aus wie Würste vom Metzger.

Er nahm sich Zeit und ließ Fina und ihren Vater eine ganze Weile mitten im Raum stehen. Es roch nach alten Büchern und edlen Hölzern, in denen das schwache Aroma teurer Zigarren hing, überlagert von einem Gemisch aus säuerlichem Altherrenschweiß und herbfrischem Eau de Cologne.

So unauffällig wie möglich rümpfte Fina die Nase, indem sie für einen Moment die Oberlippe herabzog. Ohne den Kopf zu bewegen, ließ sie ihren Blick durch das Kontor gleiten. Ein Bücherbord aus dunklem Holz bedeckte die eine Seite, über die andere zog sich ein langer Arbeitstisch, auf dem Stoffproben in Bahnen übereinanderlagen.

Die mit cremeweißen Gardinen geschmückten großen Fenster öffneten den Blick auf die Geschäftsstraße, wo das Kölner Leben pulsierte. Fette Regentropfen trommelten nun gegen das Glas, die Welt draußen duckte sich unter einem wütenden Sturm. Doch Reiter thronte hier wie ein Gott, der alles beherrschte. Im Kamin zu seiner Linken verbreitete ein prasselndes Feuer behagliche Wärme.

Endlich hob der Händler den Kopf und wandte sich ihnen mit funkelnden Schweinsäuglein zu. Ein kurzes Nicken in Richtung von Finas Vater, dann verweilte sein Blick auf ihr.

Unwillkürlich begann Fina, an ihrer Frisur zu nesteln, die der Wind zerzaust hatte, ließ es dann aber sein, senkte den Kopf und betrachtete ihre Schuhspitzen. Die Hände verschränkte sie hinter dem Rücken.

Was für ein fieser Mensch, ging es ihr durch den Kopf.

Er ächzte, als er sich nun emporhievte. Die Knöpfe an seiner seidenen Weste spannten aufs Äußerste. »Bartel, ich habe schon auf dich gewartet. Wie ist es gestern gelaufen? Ist die Ware geliefert worden?« Sein Blick wurde lauernd, obwohl er einen lockeren Plauderton anschlug.

»Alles wie besprochen, Monsieur Reiter.« Finas Vater sprach den Namen des Kölner Händlers mit französischem Akzent und Betonung auf der zweiten Silbe aus. Wer etwas auf sich hielt, bediente sich bei offiziellem Anlass der Sprache der Eroberer oder gab sich zumindest die Anmutung.

»Die Ware ist erstklassig und lagert in einem Waldstück vor der Stadtmauer. Wir warten nur darauf, dass unser Mann Wachdienst hat. Dann bringen wir unseren Anteil auf dem üblichen Weg in Ihr Lager.«

Dass ihr Vater und seine Schleichbande mit Spitzeln aus den französischen Reihen arbeiteten, wusste Fina. Es erstaunte und beruhigte sie zugleich, dass selbst aus dem Lager der Besatzer am

Schmuggel verdient wurde. Irgendwie war es dadurch ein Stück weit weniger verbrecherisch, fand sie.

»Bestens, bestens, mein Lieber.« Reiter tätschelte Bernhards Schulter und wandte dann seine ganze Aufmerksamkeit Fina zu.

Sie spürte, wie sie bis zum Haaransatz errötete, und ärgerte sich darüber. Ihr Gesicht flammte auf – alles andere als das liebliche Rosé, das sich ihr Vater für ihre Wangen gewünscht hatte. Fina war sicher, sie sah jetzt unter ihrem Haarkranz aus wie der Klatschmohn, der im Frühsommer an den Äckern blühte.

Mit schweren Schritten und als hätte er alle Zeit der Welt, begann Reiter, um Fina herumzustolzieren. Dabei ließ er den Blick nicht von ihr, starrte von ihrem Gesicht hinab auf ihr Dekolleté, verweilte an ihren Hüften und schaute dann hinab bis zu den Füßen.

Unangenehm berührt wurde sich Fina ihrer Brüste bewusst, die sich in den letzten Wochen entwickelt hatten und zwei Beulen unter ihrem Mieder bildeten. Sie bog die Schultern vor und zog die Brust ein.

Reiter schnalzte mit der Zunge, bevor er sich über die wulstigen Lippen leckte. »Na, so ein Täubchen«, murmelte er dabei und lachte kollernd. »Nicht übel, Bartel, nicht übel.«

Finas Blick flog zu ihrem Vater. Bernhard Bartel räusperte sich in die Faust und trat von einem Fuß auf den anderen.

Was wird hier gespielt?, schoss es Fina durch den Kopf. Warum hielt sich dieser Mann so lange mit ihr auf? Was erwartete er von ihr?

Wieder sah sie zu ihrem Vater, als Reiter nun einen Schritt auf sie zu trat, seinen Zeigefinger unter ihr Kinn legte und sie mit sanftem Druck zwang, ihn anzuschauen.

Pfui, wie ekelhaft. Fina schluckte. Sein Atem roch nach Fisch, als er über ihr Gesicht strich, der fleischige Finger unter ihrem Kinn fühlte sich an wie ein fetter Wurm. Sie hörte, dass er beim Atmen leise röchelte, als errege ihn allein schon ihre Nähe.

Finas Lider flatterten. Ihr erster Impuls war, das Gesicht mit einer heftigen Bewegung wegzudrehen, um dem Griff dieses Menschen zu entgehen.

Aber sie wagte es nicht, aus Angst, ihn unwillig zu stimmen und damit ihrem Vater das Geschäft zu verderben.

»Ähm, Monsieur Reiter, die Einzelheiten sollten wir vielleicht nicht im Beisein … ähem …« Die Stimme ihres Vaters klang belegt, er sprach schnell und unsicher. Fina spürte, dass ihre Knie weich wie Butter wurden. Ihren Vater so schwach zu erleben, flößte ihr Angst ein.

»Selbstverständlich, selbstverständlich, *mon ami*. Ich habe genug gesehen.« Wieder stieß dieser Mensch sein dumpfes Lachen aus, das wie Donnergrollen aus seiner Brust rollte.

»Geh hinaus, Fina, und warte dort auf mich.« Bernhard Bartel machte eine flatternde Geste mit den Fingern, um seine Tochter hinauszuscheuchen.

Fina knickste und wusste nicht, ob sie nun erleichtert sein sollte oder nicht.

Was mochten die beiden jetzt besprechen? Hoffentlich ging es tatsächlich nur um die Bezahlung der Ware und die Übergabe und im besten Fall um weiteren Handel, wie ihr Vater es sich erhoffte.

Doch sie konnte nicht verhindern, dass eine Stimme in ihr immer lauter wurde, die ihr zuflüsterte: *Es geht um dich, Fina, nur um dich. Du sollst hier verschachert werden.*

Der Gedanke schmerzte zu sehr, als dass sie ihm bisher Raum gegeben hätte, aber nun, da dieser ekelhafte Mensch sie gemustert hatte wie ein Stück Vieh ... Sie konnte nicht länger so tun, als sei alles in bester Ordnung.

Dieses plötzliche Eingeständnis, dass ihr eigener Vater sie ins Unglück zu führen gedachte, war wie eine Drahtschlinge um ihren Hals, die sich langsam zuzog und ihr die Luft zum Atmen abschnürte.

Ein Kribbeln lief ihr Rückgrat hinab, breitete sich in ihrem Körper aus und ließ ihre Fingerspitzen zittern. *Herr im Himmel, hilf mir …*

Sie öffnete die Tür des Kontors, nur einen Spaltbreit, sodass sie sich nach draußen drücken konnte.

So leise wie möglich schloss sie sie wieder und verharrte davor, am ganzen Körper zitternd, schaute sich um, ob der bucklige Sekretär sie vor die Haustür zitieren würde, aber er war nirgends zu sehen. Wahrscheinlich hing er über dicke Folianten gebeugt in seinem Arbeitszimmer.

Also blieb Fina stehen, atmete schwer und ließ den Blick über die holzgetäfelten Wände schweifen, an denen Porträts von Furcht einflößenden Gestalten hingen, vermutlich die Ahnengalerie des Tuchhändlers.

Mit ihren winzigen Äuglein und den großen Nasenlöchern hatten sie allesamt Ähnlichkeit mit Schweinen. Was für ein uncharmantes Familienerbe – und wie passend, ging es Fina durch den Kopf.

»So war das nicht abgemacht!«

Fina zuckte zusammen, als die Stimme ihres Vaters auf einmal laut durch die Tür drang.

Hatten die beiden Männer eben noch gemurmelt, so hoben sie jetzt die Stimmen, dass es Fina durch Mark und Bein ging.

»Was denkst du dir denn, Bartel! Für wen hältst du dich und dein Flittchen, hä?«

Finas Herz schlug einen Trommelwirbel. Flittchen? Warum schimpfte er sie so? Hatte sie sich nicht sittsam verhalten? Sie meinte, ihr Blut würde zu Eis gefrieren, während sie näher an die Tür herantrat, um zu verstehen, worum die Männer da stritten.

»Wir hatten eine klare Absprache …« Die Stimme ihres Vaters war zwar laut und gut verständlich, aber dennoch erkannte Fina die Angst, die darin mitschwang.

»Ich zahle eine ordentliche Summe, Bartel, da solltest du dich nicht zieren. Sie dagegen darf das gerne tun«, wieder dieses Lachen wie Donnergrollen, »ich mag es, wenn sie kratzbürstig werden.«

»Von Hurerei war nie die Rede! Zur Frau wollten Sie sie nehmen, wenn sie Ihnen gefällt!«

»Das kann nicht dein Ernst sein, Bartel. Glaubst du, ich würde mir so ein billiges kleines Ding ins Haus holen und zur Mutter meiner Söhne machen? Eine Nacht mit ihr – so kommen wir ins Geschäft und es soll dein Schaden nicht sein.«

»Niemals!«, hörte sie ihren Vater durch zusammengebissene Zähne zischen.

Fina schlug die Hände vors Gesicht. Sie spürte, wie ihre Finger feucht wurden, als Tränen sie benetzten. Wie Gift sickerte die Gewissheit darüber in ihren Verstand, was sich hinter dieser Tür abspielte. Ihre schlimmste Befürchtung bewahrheitete sich.

Wie hatte sie jemals so blind sein können, es selbst nicht zu bemerken! Wie hatte sie überhaupt so naiv sein können, anzunehmen, sie sollte lediglich für gutes Wetter in der Handelsbeziehung sorgen?

Nein, ihr Vater hatte sie hierhergeführt wie ein Kalb auf den Viehmarkt. Sie war begutachtet und gemustert worden wie ein Tier, das zum Verkauf stand. Und hatte sie es in ihrem tiefsten Inneren nicht schon längst gewusst?

Ganz offenbar waren aber dabei die Interessen der beiden kräftig zuwidergelaufen. Ihr Vater wollte sie mit Haut und Haar an diesen Fettsack verkaufen! Und der wollte sich nur eine Nacht lang an ihr vergreifen …

Fina presste sich die Hand vor den Mund, als ihr Mageninhalt nach oben drängte.

Ein Schmerzensschrei entrang sich ihr, weil sie in diesem Augenblick das Holz in den Rücken bekam, als die Tür zum Kontor des Tuchhändlers aufgestoßen wurde.

Sie stolperte, fing sich und wollte, so schnell die Beine sie trugen, hinauslaufen, irgendwohin, und niemals wieder ihrem Vater in die Augen blicken müssen. Obwohl er dieses Geschäft eingefädelt hatte, war sie es, die vor Scham am liebsten im Boden versunken wäre.

Dass die Männer so über sie geredet hatten ... Dass der Fettsack sie Flittchen nannte ...

Fina fühlte sich wie am Pranger, bespuckt und mit stinkendem Unrat beworfen. Sie wusste nicht, wie sie jemals wieder in einen Spiegel blicken sollte, ohne an das Wort »Flittchen« zu denken und an die gierige Lust in den Augen dieses Mannes erinnert zu werden. Und wenn sie auch in der Gosse landete, wenn sie auf der Straße als Bettlerin leben musste, wenn sie in Lumpen von Kirche zu Kirche zog, um ein Almosen zu erbetteln ... Lieber ein solches Schicksal, als auch nur einmal von dem Fettsack berührt zu werden! Sie würde um ihr Leben kämpfen. Das stand fest.

Eisenhart schloss sich die Hand ihres Vaters um ihren Oberarm. Fina schrie vor Schmerz auf und versuchte, sich zu befreien.

»Bleib stehen«, brummte er. »Wir gehen zusammen hinaus.«

»Vater, Vater ... was hast du getan?«, schrie sie ihn an und ihre ganze Verzweiflung schwang in ihrem Ausruf mit, ihre Enttäuschung, ihre Wut, ihre Abscheu.

»Nichts habe ich getan. Alles bleibt, wie es ist.«

»Du ... du wolltest mich verkaufen ... an ... an diesen Fettwanst!«

Sofort war die Pranke ihres Vaters auf ihrem Mund und verbarg ihr halbes Gesicht. »Fina, um Himmels willen, zügle dein vorlautes Mundwerk!«

Aber es war zu spät. Der Tuchhändler erschien im Türrahmen, das Lachen auf seinem Gesicht gefror. Er stemmte die Hände in die Seiten und stand breitbeinig da, die Augen zu Schlitzen verengt. »Hört, hört! Ja, geh nur mit deiner kleinen Hure, du Hundsfott, und lass dich hier nicht mehr blicken! Wir sind fertig miteinander! In der Stadt kriegst du keinen Fuß mehr auf den Boden, das schwöre ich dir bei meiner Ehre. Ich werde dich und deine undankbare Schlampe vernichten!« Seine Stimme steigerte sich zu einem rasenden Schnaufen, sein Kopf lief purpurrot an.

Bernhard warf noch einen Blick zurück, aber es war offensichtlich, dass dem Tuchhändler, dem willige Handlanger wahrscheinlich die Tür einrannten, nichts mehr an einer diplomatischen Einigung lag. Eher würde ihm das Herz vor Empörung aus der Brust springen, was Fina nicht für die schlechteste Lösung hielt.

Mit sanftem Druck schob Bartel seine Tochter zur Tür hinaus und auf die Straße, weg von diesem rasenden Mann und seiner Tirade, hinaus in den Regenschauer und den heulenden Sturm. Nur Sekunden später waren sie bis auf die Knochen durchnässt.

Sie vollführten einen Satz zur Seite, um einer Kutsche, die in rasantem Tempo unterwegs war, auszuweichen. Matsch wirbelte auf. Vater und Tochter drückten sich an die Hauswand.

Bernhard umfasste die Schultern seiner Tochter. Der Regen lief ihm über Haare und Bart, Tropfen verfingen sich in den Brauen.

Finas Zähne klapperten. Sie starrte ihrem Vater mit funkelnden Augen ins Gesicht, ohne ihn zu erkennen. Sie sah, dass er die Lippen bewegte, verstand aber nicht, was er sagte, stierte nur wie von Sinnen …

Dann klatschte es zweimal. Der Schmerz auf ihren Wangen brannte wie Feuer.

»Komm zur Besinnung, Mädchen!«, schrie ihr Vater gegen den Sturm an.

Fina hielt sich die Hände auf die Ohren, beugte den Kopf, wand sich aus dem Griff ihres Vaters.

Passanten mit Regenschirmen verharrten für einen Moment, wisperten miteinander. Ein junger Franzose in Soldatenuniform, eine Hand auf dem Dreispitz, damit der Sturm ihn nicht wegblies, baute sich trotz des Unwetters vor ihnen auf. »*Bonjour,* Mademoiselle, darf ich Ihnen meine Hilfe anbieten? Belästigt Sie dieser Herr?«

Fina schaute den triefend nassen Mann an und schüttelte den Kopf.

Ihr Vater traf ihn mit einem vernichtenden

Blick. »Mischen Sie sich nicht in fremde Angelegenheiten ein, Monsieur. Sie ist meine Tochter.«

»Oh, Verzeihung.« Er eilte mit schnellen Schritten von dannen. Ein Donner wie Hohngelächter begleitete seinen Abgang.

»Komm jetzt. Troll dich.« Bernhard packte seine Tochter an der Schulter und schob sie tief hinein in eine Gasse, an der der Sturm vorüberpfiff. Hier roch es nach menschlichen und tierischen Ausscheidungen, ein paar Meter weiter balgten sich zwei Straßenköter kläffend um einen Knochen.

Bernhard umfasste Finas Oberarme und drückte sie gegen die Backsteine der Hauswand.

Sie konnte den Blick nicht vom Gesicht ihres Vaters abwenden, versuchte in seinen Augen zu lesen, aber seine Pupillen waren verhangen, als wollte er seine Seele verbergen.

»Warum hast du mir das angetan, Vater? Wie konntest du bloß! Du … du wolltest mich verkaufen an diesen … diesen Schweinebauch!«

Bernhard schnalzte. »So ist es nicht, Fina, hör mir doch zu! Ich wollte dein Bestes, aber es ist gründlich schiefgelaufen. Ich hatte mitbekommen, dass Reiter auf Brautschau ist. Dem ist die Frau vor zwei Jahren kinderlos gestorben und nun sucht er eine junge, die ihm starke Söhne schenkt. Glaub mir, die Frau des Tuchhändlers braucht keine Not mehr zu leiden. Der kann dir ein Leben bieten, das du aus eigener Kraft niemals erreichen würdest. Du hättest ausgesorgt bis an dein Lebensende. So hatte ich mir das vorgestellt.«

»Ausgesorgt bis an mein Lebensende? Lebenslänglich eingekerkert wäre ich, Vater! Ein Leben im Zuchthaus würde ich einem Leben an der Seite dieses Fettbauchs vorziehen!«

»Wie kannst du so töricht sein, Fina! Was ist so entsetzlich an Reiter? Er ist ein stattlicher Mann in den besten Jahren, er weiß sich zu benehmen, verkehrt in den besten Kreisen ... Stell dir vor, wie fein du dich an seiner Seite herausputzen könntest. Eine der vornehmsten Kölner Bürgerinnen!«

Finas Atem ging immer noch schwer und rasselnd, aber das Zittern hörte auf, ihr Herzschlag beruhigte sich.

Der junge Herr aus der Schule kam ihr in den Sinn, ihr Sternenprinz ... Auch er gehörte zur feinen Kölner Gesellschaft, ohne Zweifel. Aber einer wie er, einer, dem sie innig zugetan war, hatte nicht mal einen Blick für sie. Von einem wie ihm konnte sie nur träumen – und vor einem wie Reiter konnte sie nur flüchten, so schnell ihre Füße sie trugen.

Dabei wollte er sie noch nicht mal zur Frau. Dafür war sie ihm nicht gut genug. Nein, er wollte nur eine Nacht mit ihr, mit seinen widerlichen Fingern ihren Körper betasten, seinen geifernden

Mund auf ihre Haut pressen. Wieder stieg Übelkeit in ihr auf, Tränen des Zorns flossen erneut über ihre Wangen und vermischten sich mit dem Regen.

»Er wollte mich zu seiner Hure machen«, presste sie hervor, während Tränen und Regentropfen helle Spuren auf ihren Wangen hinterließen.

Ihr Vater schluckte. Er zog sie an sich, drückte ihren Kopf an seine Brust, streichelte ungelenk über ihren Hinterkopf. »Das hätte ich nicht zugelassen, Hühnchen, niemals.«

Fina schluchzte, während ihr Vater nicht aufhörte, über ihren Kopf und ihren Rücken zu streicheln.

Er war kein zärtlicher Mann. Dass er sie in dieser düsteren Gasse in den Armen hielt, war ein kostbarer Moment für Fina, auch wenn seine Geste das gerade Erlebte nicht ungeschehen machte. Der Regen ließ nach, der nächste Donner rumpelte gedämpft aus der Ferne hinter den Stadtmauern.

»Er ist so ein bösartiger Mensch«, sagte Fina und stützte sich mit den Handflächen am Brustkorb ihres Vaters ab. Seine Miene war undurchdringlich. »Er hat schlimme Sachen gesagt …«

Bernhard nickte. »Ja, das hat er.«

»Er will dich und mich vernichten. Sag, Vater, glaubst du, er könnte das?«, fragte Fina und kaute auf ihrer Unterlippe.

Bernhard brauchte lange, bis er sich zu einer Antwort durchrang. »Ich weiß es nicht, Hühnchen, ich weiß es nicht. Möge Gott uns beistehen.«

3

Aller Lebensmut verließ Fina nach diesem Vorfall. Etwas in ihr war zerbrochen. Sie fühlte sich wie eine Lumpenpuppe, die jemand in den Gassendreck geworfen hatte, und die Leute kümmerten sich nicht um sie, beachteten sie nicht, wenn Dreckbrocken und Schlammspritzer sie trafen.

Alles erschien ihr sinnlos. Ihre grenzenlose Wut war im Nichts verraucht.

Wenn es zuvor schon nur wenig gab, was ihr Vergnügen bereitete, so fühlte sie nun an gar nichts Freude, konnte nicht mehr nachvollziehen, wie sie bis gestern noch der heimliche Schulbesuch beglückt, wie der Anblick ihres Sternenprinzen sie in Hochstimmung versetzt hatte.

Wenn der Vater nun morgens das Haus verließ, machte sich Fina nicht wie in den Wochen davor in aller Eile auf, um zur Bürgerschule zu laufen.

Warum auch? Wofür sollte sie lesen und schreiben lernen, wofür sollte sie ihren Kopf anstrengen und sich an die zugige Mauer des Schulgebäudes zwischen kratzende Brombeerbüsche kauern? Ob sie im Leben etwas lernte oder nicht, ob sie die Möglichkeiten ausschöpfte, die der Herrgott ihr in die Wiege gelegt hatte – wen kümmerte es?

Für sie gab es nur zwei Möglichkeiten: Entweder harrte sie in diesem Elend mit ihrem Gaunervater aus – was noch die bessere Lösung war – oder einer der Schmerbäuche, mit denen ihr Vater arbeitete, wählte sie zur Frau und würde sie ganz nach seinem Gutdünken benutzen.

Finas Gedanken drehten sich im Kreis wie eine Leierkastenmelodie und machten sie ganz schwindelig. Sie fühlte sich so ohnmächtig wie nie zuvor in ihrem Leben.

Sobald sie morgens allein war, schloss sie Tür und Fenster, legte sich wieder in ihr Bett, zog die Decke über den Kopf und krümmte sich zusammen. So verharrte sie stundenlang.

Manchmal schlief sie ein, manchmal döste sie in einer Art Dämmerzustand vor sich hin und ließ dabei den Tränen, die über ihre Wangen kullerten, freien Lauf, bis das Kopfkissen nass war.

Sie hatte keinen Hunger mehr, nicht einmal, wenn sie bis zum Abend noch keinen Bissen gegessen hatte. Warum einen Körper am Leben halten, wenn die Seele verstarb?

Bald merkte sie, dass ihr Kleid um ihre Taille schlackerte, als trage sie es von einer Schwester auf und müsse erst noch hineinwachsen.

»Wie siehst du aus!«, fuhr der Vater sie eines Morgens an. »Dein Kleid hängt an dir wie ein Sack.«

»Die Nähte sind ausgeleiert, Vater«, erwiderte sie. »Ich werde es heute Abend ausbessern, damit es wieder passt.«

Ihr Vater brummte etwas, während er den Krug Bier an die Lippen setzte und mehrere lange Züge nahm, bevor er rülpste. Wieder starrte er sie an. Diesmal blieb sein Blick an ihrem Gesicht hängen. »Bist du krank, Hühnchen?«, fragte er eine Spur versöhnlicher. »Du siehst aus wie der Leibhaftige. Kohlschwarze Schatten hast du unter den Augen, und deine Wangen, so eingefallen wie die einer Greisin …«

Sie schüttelte den Kopf. »Es ist nichts, Vater. Mir geht es gut. Sorg dich nicht.«

Er tätschelte ihre Wange und schob ihr seinen Bierkrug zu. Obwohl Übelkeit sauer in ihr aufstieg, nahm sie einen winzigen Schluck, um ihren Vater zu beruhigen. Sie behielt das herbe Bier lange im Mund, bevor sie es schließlich unter großer Willensanstrengung hinunterschluckte.

Wenn ihre Schwermut gar zu übermächtig wurde, überlegte sie, ob es nicht eine dritte Möglichkeit gebe, die sie aus dem Elend befreien könnte: ein fester Strick, ein Balken auf dem Dachboden …

Das waren ganz neue, unbekannte Gedanken, die eines gewissen Reizes nicht entbehrten. Dann aber meldete sich zur rechten Zeit ihr Gewissen: Der Freitod wäre Sünde, Gott würde sie dafür strafen, und sie würde in der Hölle landen. Aber – konnte die Hölle qualvoller sein als ihr Leben?

Doch da waren auch noch ihre Träume, und die hatten wesentlich stärkere Macht, sie am Leben zu halten, als alle Gedanken an Verdammnis. Immer mal wieder gelang es Fina, aus der Wirklichkeit in ihre regenbogenbunte Märchenwelt zu flüchten.

In dieser Welt war sie nicht das Lumpenmädchen, die Tochter des Schmugglers, sondern die Braut des Sternenprinzen. Umhüllt von Seide und Spitze, ihr Gesicht und ihre blumengeschmückten Haare vom Brautschleier verborgen, schwebte sie am Arm des schönen Jünglings auf den Altar zu. Er hatte seine Hand auf ihre gelegt, die auf seinem Unterarm ruhte, und führte sie, mit einem verliebten Lächeln auf dem Gesicht, zum Priester, wo sie ihm aus vollem Herzen das Jawort geben würde. So laut, dass es jeder in der voll besetzten Kirche hören würde.

Manchmal sah sie sich auch mit ihm über eine Blumenwiese spazieren oder sie saßen zusammen an einer Schulbank, lauschten dem Lehrer und hielten sich unter dem Tisch an den Händen.

Manchmal sah sie sich mit ihrem Sternenprinzen sogar im gemeinsamen Ehebett – in einem Traum aus weichen, duftigen Laken und darin ihre entblößten Körper … Wie sie sich streichelten und liebkosten, wie seine Hände ihre Haut berührten, seine Lippen eine brennende Spur über ihren Hals zogen. Sie sah sich selbst, wie sie die Augen schloss und vor Glück seufzte, und in ihrem Bauch breitete sich ein wohlig warmes Gefühl aus, das in jede Faser ihres Körpers drang. Nah wollte sie ihm sein, ganz nah und immer näher.

Und schließlich erträumte sie sich den Sternenprinzen auch mit verzücktem Lächeln an ihrer Seite, während sie, in einem tiefen Sessel ruhend, einen rotwangigen Säugling im Arm hielt. Sie schauten sich in die Augen, die Herzen schwer vor Glück, während das kleine Wesen in ihrem Arm gluckste und zufrieden schmatzte.

Ach, ach, ach … Es waren diese Träume, wie Honig für ihre verhungernde Seele, die Fina in diesen von Melancholie überschatteten Wochen am Leben hielten. Die das Glimmen hinter ihrem von Trauer umwölkten Blick nährten.

Ihr Vater ging auf ihre Veränderung viele Tage lang nicht ein. Warum auch? Solange Fina die Wohnung putzte und ihm sein Mahl bereitete, solange sie vor dem Haus die Straße kehrte, wie es die Franzosen angeordnet hatten, und zum Markt ging, um die wöchentlichen Besorgungen einzuholen ... So lange empfand er die Welt in seinem Häuschen im Armenviertel als geordnet.

Er unternahm zunächst keine weiteren Versuche, sie einem seiner Geschäftsleute vorzuführen. Wahrscheinlich dachte er, die Zeit würde ihre Wunden heilen und sie hätte schlussendlich ein Einsehen dafür, dass sie an der Seite eines begüterten Händlers bestens aufgehoben wäre.

Da täuschte er sich. Aber es kam nie zu einem Gespräch zwischen Vater und Tochter. Schweigend nahmen sie abends das Mahl ein, schweigend setzte sie ihm morgens seine Milchsuppe vor.

Doch schließlich entschied Bernhard Bartel, dass nun genug Gras über die Sache gewachsen war. Eines Tages schob er seine Holzschüssel von sich, streckte die Beine unter dem Tisch aus und lehnte sich, die Arme im Nacken verschränkt, auf seinem Stuhl zurück. Die Septembersonne warf dünne Strahlen in die Küche.

»Nächste Woche wirst du mich wieder begleiten«, brummte er in Finas Richtung.

Sie hockte am Ofen, mit verschlossenem Gesicht in ihre Handarbeit vertieft, wie es schien. Doch insgeheim hatte sie sich längst wieder in ihren bunten Träumen verloren.

Sie schrak hoch, als die Stimme ihres Vaters in ihr Bewusstsein drang. »Wie?«

»Der Wirt vom Goldenen Hirschen war sehr zufrieden mit meiner Lieferung Pökelsalz und will mir weitere Aufträge erteilen. Und er ist Witwer. Die Frau ist ihm im vergangenen Winter gestorben.«

»Nein, Vater, ich …« Finas Stimme war nicht lauter als das Piepen eines Vogels, der aus dem Nest ins Gestrüpp gefallen war.

»Keine Widerworte!« Bernhard hieb mit der Faust auf den Tisch, dass er fast unter seiner Pranke zusammenkrachte. »Der Wilhelm ist ein anständiger Kerl mit gutem Auskommen.«

Fina fühlte sich wie im Griff einer Würgeschlange. Die Luft zum Atmen wurde ihr knapp. Sie keuchte auf, die Flickenhose glitt ihr aus der Hand, als sie aufsprang. »Ich kann das nicht, Vater, und ich will das nicht!«, schrie sie, raffte ihren Rock und sprang die Stiege in ihre Schlafkammer hinauf, als wäre der Teufel hinter ihr her.

Die Stimme ihres Vaters polterte hart in ihrem Rücken. »Das werden wir noch sehen!«, rief er.

Oben angekommen warf sich Fina auf die raue Decke, die über ihrem Bett lag, presste die Hände vors Gesicht und schluchzte auf. Sie weinte laut und klagend, während ihr die Tränen durch die Finger quollen.

Was sollte sie bloß tun? Ein weiteres Mal würde sie eine solche Demütigung nicht ertragen.

Sie kannte den Gastwirt Wilhelm nur flüchtig. Ein feister Mann mit Fischaugen, stechendem Blick und von blauen Adern durchzogener Säufernase. Einige Male hatte er vor seiner Wirtschaft gestanden, die Daumen in den Hosengürtel eingehakt, den Kugelbauch vorgeschoben, während sie – den Weidenkorb über den Arm gehängt – zum Markt geschlendert war. Wie er sie angestiert hatte, wie er sich über die Lippen geleckt hatte … Sie beschleunigte stets ihren Schritt, wann immer sie ihn da stehen sah, und schlug drei Kreuze vor der Brust, wenn sie aus seinem Sichtfeld entschwand.

Und vor diesen Mann sollte sie sich nun stellen und sich begutachten lassen wie ein Fohlen auf der Weide? Niemals.

Die Sonne war untergegangen, durch das Fenster ihrer Kammer fiel nur noch der Schein der Straßenlaterne. Er flackerte und warf huschende Schatten an die Wände.

Ihre Augen waren verquollen und schmerzten vom vielen Weinen, als sie die Lider öffnete und versuchte, sich an die Dunkelheit zu gewöhnen.

Sie setzte sich auf und fuhr mit dem Handrücken über ihre Wangen. Immer noch atmete sie schwer, ihre Schultern bebten.

Sie lauschte nach unten. Aus der Küche drang kein Laut mehr. Offenbar war ihr Vater noch ausgegangen, sonst hätte sein Schnarchen das Haus erfüllt.

Sie fühlte sich leblos und leer. Als hätten die Tränen den letzten Rest Leben aus ihr herausgespült. Ein dumpfer Schmerz pochte hinter ihrer Stirn.

Wie an Fäden gezogen erhob sie sich und stakste auf ihren Waschtisch zu, starrte in den Spiegel.

Strähnen aus ihrem Haarkranz hatten sich gelöst und fielen um ihr Gesicht wie die Zotteln einer alten Frau. Sie erschrak, als sie in ihre eigenen, wie tot blickenden Augen schaute, aber selbst dieses Erschrecken fand keinen Ausdruck auf ihrem starren Gesicht. Jeder Funke schien erloschen.

Sie führte die Hände zu ihren Haaren und löste die Flechten, zerrte sie mit den Fingern auseinander.

Unablässig schaute sie sich an, ohne dass sich irgendein sinnvoller Gedanke in ihrem Kopf formte. *Flittchen. Hure. Schlampe.*

Sie griff nach der Schere, die auf der Kommode neben dem Waschtisch lag, packte eine Strähne und schnitt sie mit kräftigen Bewegungen ab.

Schwer fielen die Haare zu Boden.

Strähne um Strähne nahm sie nun und kürzte die Haare bis auf wenige Zentimeter über der

Kopfhaut, mit entschlossenen Schnitten, wie sie der Geflügelmetzger beim Teilen des Hühnchens setzte.

Als sie fertig war, bogen sich ihre Mundwinkel zum Abglanz eines Lächelns hoch, ohne dass sie Zufriedenheit verspürte.

So war es besser.

Sie sah aus, als hätten sich in der Nacht Nagetiere über ihre Haarpracht hergemacht. Eine Vogelscheuche. Wer würde sie jetzt noch zur Frau nehmen wollen?

Sie holte tief Luft. Ihr Lächeln verstärkte sich. Tiefe Ruhe breitete sich in ihr aus.

Als sie sich wieder auf ihr Bett legte, dauerte es nur wenige Augenblicke, bis sie in den Schlaf fiel.

Dass sie den Lebensmut verloren hatte und Tag für Tag mehr abmagerte, konnte Fina ihrem Vater gegenüber verbergen. Aber dass sie nun aussah wie ein Huhn, das dem Schlachter von der Hackbank gesprungen war, das würde ihm sofort in die Augen fallen.

Deswegen schob sie die drohende Auseinandersetzung ein paar Tage hinaus, indem sie sich ein Tuch so fest wie einen Verband um den Kopf schlang.

Einmal behauptete sie, sich die Haare gewaschen zu haben, ein anderes Mal erzählte sie ihrem

Vater, ihr sei kalt, doch am dritten Tag ließ sich Bernhard nicht länger an der Nase herumführen.

»Zieh den Lappen ab. Ich will nicht von einer Waschfrau das Essen serviert bekommen.«

»Aber, Vater … die Haare sind noch nass. Ich hole mir einen Husten, so kühl, wie es die letzten Tage geworden ist …«

»Zieh den Lappen ab, hab ich gesagt! Was sind das für Mätzchen?«

»Ich … ich …«

Dem Vater reichte es mit dem Gestammel. Er war schon seit seiner Ankunft mürrisch gewesen, vielleicht, weil ein Geschäft nicht so geglückt war, wie er es sich vorgestellt hatte, vielleicht, weil ihm ein Lohn nicht ausbezahlt worden war.

Er erhob sich so abrupt, dass der Stuhl hinter ihm auf den Boden knallte, machte einen Schritt auf seine Tochter zu und riss ihr mit einer herrischen Handbewegung das Tuch vom Kopf. Seine Augen traten hervor, während er sie mit offenem Mund anstierte.

»Wie siehst du aus, Mädchen …?«

Fina fasste sich an den Kopf, trat einen unsicheren Schritt zurück, als sie im Gesicht ihres Vaters erkannte, dass nach dem ersten Schock nun die Wut in ihm hochstieg wie eine Stichflamme und eine Ader an seiner Schläfe blau hervortreten ließ.

»Wer hat dir das angetan? Ich bring ihn um!«

Fina hob den Blick. »Niemand war das. Ich … ich hab es selbst getan …«

In der nächsten Sekunde explodierte ein Schmerz an Finas Kopf, als die Hand ihres Vaters ihre Wange traf.

Sie taumelte, griff sich an die Haut, die glühte wie ein Brenneisen. Tränen des Schmerzes schossen ihr in die Augen, während sie sich mit beiden Händen schützte und auf den nächsten Schlag wartete.

Aber Bernhard hatte sich wieder in der Gewalt. Seine Schultern sackten nach vorn, seine Arme baumelten an den Seiten. »Warum in drei Teufels Namen hast du das getan, du nichtsnutzige Göre? Willst du rumlaufen wie eine aus dem Zuchthaus entflohene Hure, oder was? Glaubst du, dass du auf diese Art jemals einen Mann findest? Wer will dich denn so?«

Hoffentlich keiner, dachte Fina und blieb ihrem Vater die Antwort schuldig, als sie den günstigen Moment nutzte, sich umwandte und die Stiege nach oben hastete.

Sollte ihr Vater unten toben. Jetzt wusste er zumindest, dass er keine weiteren Versuche zu unternehmen brauchte, sie Heiratskandidaten vorzuführen. Mit einer solchen Tochter würde er sich nur bis auf die Knochen blamieren.

Als sich Fina in ihrer Kammer auf das Bett sinken ließ, faltete sie die Hände in ihrem Schoß. *Geschafft,* dachte sie, aber richtig glücklich war sie nicht. Wie denn auch … Sie hatte sich nur eine Galgenfrist erkämpft, mehr nicht. Dem Gastwirt war sie vielleicht entkommen, aber wer wusste, welche Männer ihrem Vater sonst noch über den Weg liefen?

Als sie die Augen schloss, kamen wieder die Bilder von dem Sternenprinzen, wie er sie in seinen starken Armen auffing, wie er ihre brennende Wange küsste und sanft über ihre Haare streichelte. In ihren Träumen waren sie wunderschön und umspielten in lockigen Kaskaden ihr Gesicht. Sie stellte sich vor, wie er eine der Locken um seinen Finger wickelte, verliebt, verzaubert, und wie er sie dann küsste, als wäre sie die schönste Frau der Welt …

Aber ob sie in der Wirklichkeit liebreizend oder widerwärtig war, spielte keine Rolle. Der junge Mann würde sie weder als Engel noch als Vogelscheuche wahrnehmen. Sie lebten in verschiedenen Welten. Niemals würde es auch nur die geringste Berührung geben.

4

»Fina, komm herunter und spute dich! Es ist lieber Besuch gekommen!«

Sie schrak zusammen und richtete sich auf. Sie hatte mit einem Scheuerlappen den Boden ihrer Kammer geschrubbt, Schweißperlen standen auf ihrer Stirn und ihre Hände waren aufgequollen vom Wischwasser. Die Schürze war mit Schmutzflecken übersät.

Lieber Besuch? Wer mochte das sein? Freunde hatten Vater und sie nicht, und von Verwandten wusste sie nichts. Die Brüder ihres Vaters waren in einem der zahlreichen Kriege der Franzosen auf dem Schlachtfeld geblieben, ihre Mutter hatte keine Geschwister gehabt.

Rasch trocknete sie sich die Hände an der Schürze ab, bevor sie sie aufband und auf den Boden gleiten ließ. Ein schneller Blick in den Spiegel – die wie abgerupft wirkenden Strähnen standen in alle Richtungen von ihrem Kopf ab, das

Gesicht war blass wie Sauermilch. Ihre Augen lagen tief in den Höhlen.

»Wo bleibst du, zur Hölle noch mal!«

Fina eilte zur Stiege, sprang die Stufen hinab und stand kurz darauf in der Wohnstube, wo ihr Vater am Tisch saß, einen Krug Bier vor sich und gegenüber ein drahtiges Männlein, das einen Becher Wein zwischen den Fingern drehte.

Fina blieb im Türrahmen stehen, senkte den Kopf, verknotete die Hände hinter ihrem Rücken und knickste. »Entschuldige, Vater, ich habe den Boden geschrubbt.«

»So ist es brav. Immer fleißig, meine Kleine.« Die Stimme ihres Vaters hatte nun jede Ungeduld verloren. Er klang wie ein Wolf, der Kreide gefressen hatte. Bei seinen Worten blickte er aus den Augenwinkeln auf das Männlein, ob es wohl auch mitbekam, welch vorzügliche Hausfrau sie war.

Auch ohne ihre Schulkenntnisse konnte sich Fina sofort ausrechnen, was gespielt wurde. Ganz offensichtlich hatte sie sich getäuscht, wenn sie annahm, ihr Vater würde Abstand von der Verkuppelung nehmen, solange sie so abstoßend aussah. Dieser kleine Mann, der sie mit seinem grauen Umhang und den leicht hervorstehenden Schneidezähnen an eine hungrige Ratte erinnerte, war der nächste Kandidat auf Vaters merkwürdiger Heiratsliste.

Wie er sich das bloß alles vorstellte … Ganz offenbar vermutete ihr Vater, dass gerade die hässlichsten aller Männer, die sonst kein Glück bei den Frauen hatten, besonders angetan von ihrer Jugend waren. Und seine Rechnung ging allem Anschein nach sogar auf. Die widerwärtigen, frauenlosen Kerle, die ihr Vater so kannte, waren tatsächlich bereit, Geld auf den Tisch zu legen, um sie nach Hause führen zu dürfen, wo sie sich nach Lust und Laune an ihr vergreifen und über sie verfügen konnten.

Es war alles so entsetzlich.

Vermutlich hatte er den neuesten Kandidaten bereits auf die verunstaltete Erscheinung seiner Tochter vorbereitet.

Der Fremde erhob sich nun, trat einen Schritt auf sie zu und verneigte sich. »Ich bin Alfons Krüll, Mademoiselle«, stellte er sich vor. »Ich freue mich sehr, Ihre Bekanntschaft zu machen.«

Finas Herz schlug ihr bis zum Hals. Was sollte sie bloß erwidern? Sie ließ es zu, dass er ihre immer noch aufgequollene Hand nahm und mit gespitzten Lippen einen Kuss darüberhauchte.

Sie sah, dass sich ihr Vater in seinem Stuhl zurücklehnte, ein breites Grinsen im Gesicht.

»Ich danke Ihnen«, sagte sie schließlich unbeholfen und mit heiserer Stimme. Sie räusperte sich dezent in die Faust.

Alfons Krüll trat einen Schritt zurück. Er war bestimmt eine Handbreit kleiner als sie, obwohl man Fina wahrlich nicht als ungewöhnlich groß geraten bezeichnen konnte. Zögernd blickte sie ihn an, aufmerksam und darauf wartend, dass er den Kopf schüttelte. Was er sah, konnte ihm doch wohl nicht gefallen, oder?

Krüll runzelte die Stirn, während er sie vom Kopf mit den wirren Haaren bis zu den Füßen in den Filzpantoffeln musterte. Dabei schürzte er die Lippen und begann, um sie herumzugehen. Fina rührte sich nicht vom Fleck, spürte aber, dass ihr Gesicht schon wieder erglühte.

Alfons Krüll sprach kein Wort, weder eines der Anerkennung noch eines der Ablehnung. Er betrachtete sie einfach nur mit zusammengezogenen Augenbrauen, ließ sich dann wieder vor seinem Weinglas nieder, blickte Bernhard Bartel an und presste die Lippen zu einem Strich zusammen, während er mehrmals nickte. Was das bedeuten sollte, war nicht zu erkennen.

Für Finas Vater offenbar ebenfalls nicht. Aber er hielt es wohl für das Klügste, Finas Vorzüge noch einmal hervorzuheben: »Lass dich nicht täuschen von den struppigen Haaren, Bäckermeister. Eigentlich sind sie ganz bezaubernd und weich wie Seide. Sie haben, wie ich dir schon erzählte, leider, leider Feuer gefangen, als Fina am Herd stand, und so blieb ihr nichts übrig, als sie abzuschneiden. Aber sie wachsen ungewöhnlich schnell, vertrau mir! Und dann wird man dich um eine solche Schönheit beneiden. Und dass sie so magere Wangen hat … Nun«, er zwinkerte dem Rattenmann vertraulich zu, »mit der Liebe wird auch ihre Lust am Essen zurückkehren, darauf gebe ich dir mein Wort. Und dann nennst du einen rotwangigen Schatz dein Eigen, eine Frau, die fest zupacken kann und die dir ein treues und zuverlässiges Weib sein wird.«

Fina klappte der Kiefer hinunter. So eine lange Rede hatte ihr Vater noch nie gehalten. Und wie er sie anpries!

Ein Feuer begann in ihr zu lodern. Am liebsten wäre sie ihm an den Hals gesprungen und hätte ihm den Mund zugedrückt, nur damit er endlich aufhörte, für sie zu werben wie für ein Maultier.

Es hatte doch ohnehin keinen Sinn! Krüll würde doch eine wie sie nicht zur Frau wählen … oder?

Ihre plötzliche Wut verrauchte und ihr Blick ging wieder ängstlich zu dem Bäckermeister, der ohne eine Erwiderung den Worten ihres Vaters gelauscht hatte.

Sehr gesprächig gab sich Krüll nicht. Das machte es schwierig, zu erahnen, was in ihm vorging.

Nun erhob er sich ein weiteres Mal, trat vor Fina

und fasste mit dem ausgestreckten Zeigefinger unter ihr Kinn. Dabei hob er ebenfalls den Kopf.

Fina senkte die Lider halb, während sie die Musterung über sich ergehen ließ.

»Na, ob wir dich noch mal aufpäppeln können«, sagte Krüll da. »In meinem Haushalt kann ich niemanden gebrauchen, der dahinsiecht oder auf der faulen Haut liegt.« Er kicherte quiekend. »Und so mager wie du bist, wird es dir kaum gelingen, mir das Bett zu wärmen.«

Fina sog scharf die Luft ein und unwillkürlich fuhr sie sich mit der Hand an den Mund. Um die Geste zu verschleiern, hustete sie, was natürlich auch nicht zu Krülls Beruhigung beitrug. Sie fing einen zornigen Blick ihres Vaters auf.

»Sie ist kerngesund«, brummte Bartel. »Und arbeiten kann sie für zwei. Sie sieht dünn aus, aber sie ist zäher als eine Wildkatze, glaub mir, Meister Krüll.«

»Das würde ich gerne tun, Bartel.«

»Wirklich?«

Die Augen ihres Vaters leuchteten auf, bevor er wieder die Brauen herabzog, zu Fina blickte und ihr mit einem Wedeln der Hand bedeutete, dass sie wieder verschwinden konnte.

Nichts tat Fina lieber als das.

Ein weiteres Mal knickste sie, drehte sich um die eigene Achse und eilte hinauf. Oben an der Treppe blieb sie vor der Tür zu ihrer Kammer stehen, öffnete und schlug sie von außen wieder zu.

Sie verharrte an der obersten Treppenstufe und spitzte die Ohren. Dabei musste sie sich anstrengen, überhaupt etwas zu hören, so laut hämmerte ihr Herz.

»… hab ich die Befürchtung, dass sie mir beim Kneten des Teigs zusammenbricht«, vernahm sie die Stimme des Bäckermeisters. »So ein zartes Persönchen …«

»Völlig unbegründet, Bäckermeister, völlig unbegründet!«, bollerte ihr Vater. »Die kann was wegschaffen, die Fina. Und bedenke, sie ist noch jung an Jahren, sie wächst noch und bekommt Kraft in den Armen …«

»Ja, ja, das ist alles richtig. Und ansehnlich dürfte sie auch sein, wenn ihre Haare nachgewachsen sind, da stimme ich dir zu, Bartel. Doch, sie gefällt mir …«

Fina hörte ein Grinsen aus seinen letzten Worten heraus. Der Hals wurde ihr eng. Dann musste sie sich ein Stück vorbeugen, da die beiden Männer in der Wohnstube die Stimmen senkten und offenbar die Köpfe zusammensteckten.

»… willst du denn haben?«, vernahm sie den Bäckermeister.

Die Antwort ihres Vaters kam so leise, dass sie sie nicht verstand, aber die Reaktion des Bäckermeisters ließ darauf schließen, dass ihr Vater dieses Verkuppelungsgeschäft für den Handel seines Lebens hielt.

Krüll zog zischend die Luft ein. »Das ist ein Batzen Geld, Bartel! Den kann ich nicht aus dem Hut zaubern …«

Fina hörte, wie ihr Vater beschwörend auf den Mann einredete, wie er ein weiteres Mal ihre Schönheit und ihre Jugend hervorhob, wie er dann wieder die Stimme senkte und tuschelte. Und dazwischen die zischelnden Erwiderungen des Bäckermeisters.

Sosehr sich Fina auch bemühte, sie verstand kein Wort mehr, ahnte nur, dass dort unten hart verhandelt wurde, dass keiner dem anderen etwas zu schenken gedachte.

Die Gewissheit, dass sie das Handelsobjekt war, ließ den Zorn wieder in ihr auflodern – ein wahrlich lebendigeres Gefühl als diese Leere und Ohnmacht der letzten Tage. Und dennoch – einen Ausweg wies ihr dieser Zorn auch nicht.

Besiegelten die beiden Männer da unten ihr Schicksal? Würde sie schon in den nächsten Tagen zu Bäckermeister Krüll ziehen müssen, um an seiner Seite zum Traualtar geführt zu werden?

Oh nein, oh nein. Lieber Gott, hilf mir … Sie wusste sich keinen anderen Rat mehr, als zu beten, und tat es mit Inbrunst. Dabei hatte der Herrgott in diesen Kriegszeiten höchstwahrscheinlich Besseres zu tun, als eine unbedeutende Jungfer wie sie vor einem Rattenmann zu bewahren …

5

Nachdem Krüll gegangen war, versuchte Fina, mit geschickten Fragen und betont sorgloser Miene, aus ihrem Vater herauszubekommen, wie der Handel denn nun ausgegangen war.

Aber Bernhard gab sich maulfaul und herrschte seine Tochter an, sie solle sich davonscheren. »Das wirst du schon noch früh genug erfahren.«

Zeitig ging der Vater zu Bett und Fina blieb wieder allein mit ihren zermürbenden Gedanken.

Vielleicht hatte sie ein weiteres Mal Glück und Krüll hatte sich gegen sie entschieden. Wäre der Vater sonst so mürrisch? Vielleicht aber fehlte dem Bäckermeister auch im Moment nur das Geld?

Kein Auge tat Fina in dieser Nacht zu. Sie wälzte sich in ihrem Bett von einer Seite auf die andere, während ihre Gedanken Ringelreihen spielten und ihre Fantasie ihr Bilder vorgaukelte von einer Ratte, die sie umkreiste und darauf wartete, sie anzuspringen und nicht mehr loszulassen.

Als der Morgen graute und sie ihren Vater in der Küche hantieren hörte, fasste Fina einen Entschluss: Ein letztes Mal wollte sie ihn sehen, ihren Sternenprinz, ein letztes Mal Abschied nehmen von ihm und ihren Träumen. Sein Bild sollte sich für alle Zeiten in ihre Gedanken einbrennen, damit es sie trösten konnte, wann immer sie glaubte, ihr Unglück an der Seite dieses Bäckermeisters nicht mehr auszuhalten.

Vielleicht würden sie bereits am Nachmittag den Handel perfekt machen, die beiden alten Männer, und wer wusste schon, ob sie dann überhaupt noch jemals die Gelegenheit bekommen würde, einen Blick auf ihren Prinzen zu werfen. Dieser Gedanke bestärkte sie, ihr Vorhaben umzusetzen.

Obwohl ihre Knochen von der schlaflosen Nacht schwer wie Blei waren, sprang sie leichtfüßig aus dem Bett, zog Kleid und Schürze über, schlüpfte in ihre Pantoffeln und eilte zu ihrem Vater hinab, um ihm das Frühstück zu servieren, das er schweigend einnahm.

Wenig später rannte sie, das Tuch fest um Kopf und Schultern gelegt, in der Morgenfrische die Severinstraße zur Bürgerschule hinab. Sie wusste, dass der Unterricht gleich beginnen musste, und vielleicht, vielleicht hatte sie ja Glück …

Außer Atem erreichte sie die Mauer, die das Gelände umgab, verbarg sich dahinter und lugte über den Rand, während sie die Menge der Jungen überblickte, die frisch gekämmt und mit ihren Schulbüchern unterm Arm auf den Eingang zustrebten.

Da! Da erblickte sie die Kutsche, in die ihr Prinz schon einmal gestiegen war.

Mit unbewegter Miene kauerte der Kutscher auf dem Bock, das Pferd wackelte mit dem Kopf und schnaubte Dampfwölkchen in die Luft, während ihr Prinz mit einem Satz aus der Kutsche sprang. Er grinste und wandte im Gehen den Kopf um. Der schmale behandschuhte Arm einer Dame glitt aus der Tür heraus, winkte zum Abschied. Ihr Prinz drückte übermütig die Lippen in seine Handfläche und warf der Dame einen Kuss zu.

Finas Herz schlug einen Purzelbaum. Ach, wenn der Kuss doch nur ihr gälte. Was gäbe sie darum! Und wie hübsch er wieder anzusehen war. Die Morgenkühle hatte seine Wangen gerötet, seine Augen blitzten, selbst aus der Entfernung konnte sie das erkennen. Die Haare fielen ihm seidig schimmernd bis auf die Schultern, sein Körper bewegte sich mit der Eleganz eines Tänzers.

Fina konnte sich nicht sattsehen an seiner Gestalt, nahm jedes Detail auf und starrte ohne Unterlass in seine Richtung, während sie am Nagel ihres Zeigefingers knabberte.

Als hätte er ihren intensiven Blick gespürt, verharrte der Junge plötzlich, neigte den Kopf, als lausche er, blickte nach links, nach rechts, und da! Für einen winzigen Moment trafen sich ihre Blicke. Fina meinte, sie müsse auf der Stelle verglühen vor Scham.

Nach der ersten Schrecksekunde ging sie in die Hocke und presste sich an das bemooste Mäuerchen. Ihr Herz klopfte, als wolle es ihr die Brust sprengen.

Himmel! Er hatte sie entdeckt! Was nun? Würde er die Richtung ändern und schnurstracks auf sie zukommen, um sie zurechtzuweisen, warum sie sich hier herumdrückte und ihn anglotzte?

Oh, Herrgott im Himmel, wie unendlich peinlich!

Weg hier, schoss es Fina durch den Kopf. Und kaum hatte sie den Gedanken zu Ende gedacht, da hob sie auch schon ihr Kleid und spurtete los, zunächst geduckt an der Mauer entlang, dann richtete sie sich auf und rannte, als ginge es um ihr Leben.

Sie drehte sich nicht mehr um, wusste nicht, ob er ihr nachblickte oder ob er seinen Weg zur Schule fortsetzte. Schnell und schneller lief sie, bis sie kaum noch Atem bekam und das Stechen in ihrer Seite höllisch schmerzte. Aber sie blieb nicht stehen, bis sie die Spielmannsgasse erreicht hatte und die Tür ihres Häuschens aufriss. Keuchend stolperte sie über die Schwelle, warf die Tür ins Schloss und ließ sich auf einen Stuhl am Küchentisch fallen.

Sie kreuzte die Arme auf dem Tisch und vergrub ihr Gesicht darin. Ihr Atmen übertönte jedes andere Geräusch, der Schweiß auf ihrer Stirn nässte die Ärmel ihres Kleides.

Schließlich holte sie einmal tief Luft, richtete sich auf und schluckte.

Adieu, mein Sternenprinz, dachte sie. *Leb wohl. Ich werde dich niemals vergessen.*

6

Nebel waberte über die Felder, als Fina im Windschatten ihres Vaters auf das Waldstück vor den Toren der Stadt zulief. Der Morgen war kühl, der Himmel von Regenwolken verhangen.

Fina wickelte sich fest in ihren Umhang und zog die Kapuze ins Gesicht. Die Kälte stach in ihren Lungen.

Inmitten des Waldes herrschte noch tiefste Dunkelheit. Das Morgenlicht reichte nicht aus, um die Schleichwege zu erhellen.

Fina hielt sich dicht hinter ihrem Vater, der mit schweren Stiefeln über den von Blättern bedeckten Trampelpfad stapfte. Immer tiefer hinein kämpften sie sich in den Wald, wichen herabhängenden Zweigen und Gestrüpp aus, sprangen über Wurzeln und Baumstämme.

Mit sorgenvoller Miene schaute Fina sich um. Keine Spur von Vaters Kumpanen.

Am vergangenen Abend hatte er ihr kurz nach dem Essen hingeworfen: »Morgen früh halt dich bereit. Du kannst dich nützlich machen.«

»Kommt der Krüll?«, hatte Fina gefragt.

Ihr Vater machte eine wegwerfende Handbewegung. »Papperlapapp. Wann dein Bräutigam dich holt, wirst du noch früh genug erfahren. Morgen früh gilt es, mehrere Dutzend Packen Stoff in die Stadt hineinzubringen. Da wird jede Hand gebraucht, auch deine.«

»Stoffe? Woher kommen sie?« Erleichterung durchströmte Fina. Im Vergleich zu dem, was mit dem Bäckermeister auf sie zukommen mochte, erschien ihr das wie ein vergnüglicher Ausflug.

Es kam selten vor, dass ihr Vater sie einspannte. Sie hatte nicht viel Übung bei all den Fertigkeiten, die bei diesen Machenschaften verlangt wurden. Aber sie war sicher, dass er kein Risiko einging, wenn er sie in den Handel verwickelte. Wahrscheinlich musste sie nur mit anpacken, um die Stoffballen auf das Fuhrwerk zu hieven.

»Die Ware hat eine lange Reise hinter sich«, hatte ihr Vater gesagt. »Sie ist aus England über den Norden mithilfe vieler Hände bis hierher gelangt. Sie ist sehr wertvoll, wie du dir denken kannst. Also stell dich nicht törichter an, als du bist.«

»Das werde ich nicht«, versprach Fina. »Was ist meine Aufgabe?«

Bernhard erklärte es ihr und schickte sie dann zu Bett, damit sie in aller Herrgottsfrühe hellwach sein würde.

Jetzt, mitten im morgendlichen Wald, in dem vereinzelte Vogelschreie wie Warnrufe erklangen, stützte Fina die Hände auf ihre Knie und keuchte.

»Nicht so schnell, Vater«, zischte sie, als es ihr kaum gelang, mit ihm Schritt zu halten. So groß und schwer er auch war, hier auf den Schleichwegen bewegte er sich wie eine alte, erfahrene Raubkatze.

»Komm schon«, raunte er über die Schulter zurück. »Es ist nicht mehr weit.«

Kurz darauf erreichten sie eine Lichtung, zu der ein paar Strahlen des milchigen Morgenlichts durchdrangen. Auf dem Gras glitzerte Tau.

Der Vater blieb so abrupt stehen, dass Fina von hinten gegen ihn prallte. »Pass doch auf, du Tölpel«, zischte er ihr zu.

Fina atmete mit offenem Mund und schaute sich um. Ihre Wangen brannten, ihre Nase tropfte. Sie wischte mit der Hand darüber.

Dicht beieinanderstehende Fichten und Tannen umgaben die Lichtung. Es roch nach feuchter Erde und Moos. Nichts deutete darauf hin, dass hier gleich ein krimineller Handel vonstattengehen sollte.

Ob Vater sich verlaufen hat? Aber diesen Gedanken wagte sie nicht auszusprechen. Einfach abwarten, wie er entscheiden würde und was dann geschähe.

Ihr Vater hob in einer herrischen Geste die Hand, wie um sie zum Schweigen zu bringen, obwohl sie doch gar nichts gesagt hatte. Dann neigte er den Kopf und öffnete leicht die Lippen, als lausche er. Und tatsächlich. Jetzt hörte Fina es auch. Der Ruf eines Käuzchens, verbunden mit einem Trillern. Offenbar war dies das verabredete Zeichen.

Bernhard packte sie am Oberarm und zerrte sie hinter sich her, als er quer über die Lichtung hastete und sich seitlich ins Gebüsch schlug.

Da hockten im Kreis fünf Gestalten zusammen, alle in Umhänge gehüllt, die Gesichter unter den Kapuzen verborgen. Bernhard nickte ihnen zu, während Fina die Männer mit gerunzelter Stirn betrachtete.

Keinem Einzigen von ihnen wollte sie allein begegnen. Die Gesichter wirkten mürrisch und düster, dunkle Bärte bedeckten ihre Wangen und Hälse.

Drei von ihnen sah sie an diesem Morgen zum ersten Mal, zwei andere hatte sie schon in ihrem Haus bewirtet. Den einen kannte sie nur unter seinem Spitznamen »Placknas«. Pockennarben verunstalteten sein Gesicht. Sein Kumpel Jakob sah noch am freundlichsten von allen aus. Sein Markenzeichen war ein zerfledderter Frack, über den er aber an diesem Morgen, genau wie die anderen, einen Umhang geworfen hatte.

Das Glitzern in Jakobs Blick behagte Fina nicht. Es stand im krassen Gegensatz zu den skeptischen Blicken der anderen, als wäre dies alles für ihn ein Spaß, als ginge es gar nicht um seinen Lohn und er mache bei dem Schleichhandel nur mit, um den Franzosen ein Schnippchen zu schlagen.

Fina wusste, dass es viele Kölner gab, die sich bis heute nicht an die Frankenmänner gewöhnt hatten. Die sich nicht nur weigerten, in einer anderen Sprache als Deutsch zu reden, sondern die auch ihre Feste weiter feierten und ihre Bräuche am Leben erhielten, obwohl die Besatzer sie verboten hatten. Für den Drang der Franzosen, alles zu erneuern, hatten diese Leute nur Hohn und Spott übrig. Und auch Fina fand manches unsinnig, was die Besatzer einzuführen versuchten. Eine Zeit lang, zu Beginn der Besatzung vor dem Jahrhundertwechsel, hatte es kein Münzgeld mehr gegeben, nur eigenartiges Papiergeld, das die Kölner sich beharrlich weigerten zu akzeptieren, sodass die Besatzer es schließlich zähneknirschend wieder durch die Münzwährung ersetzen mussten.

Oder der Kalender, den die Franzosen wie im Wahn neu ordneten, indem sie die Monate und Jahreszeiten umgruppierten und mit merkwürdigen Namen versahen. Die Monate bezeichneten sie nach den sichtbaren Vorgängen in der Natur, zum Beispiel mit »Wachstum«, »Reife« und »Ernte«. Das Jahr begann mit dem Herbst, dann kam der Winter, der Frühling und schließlich der Sommer. Jeder Monat war eingeteilt in drei Dekaden zu je zehn Tagen, und am zehnten Tag gab es so eine Art Sonntag … Die Kölner schüttelten die Köpfe über diesen Schabernack. Finas Vater nannte die Neuordnung hohnlachend eine Hanswurstiade, und insgeheim stimmte Fina ihm zu.

Aber den Ärmsten der Armen war nicht zum Lachen zumute. Ein unterschwelliger Hass bildete sich besonders in dieser Bevölkerungsschicht, die von »Freiheit, Gleichheit, Brüderlichkeit«, wie sie die Machthaber versprochen hatten, so gar nichts zu spüren bekam und in den langen, kalten Wintern stärker Hunger litt als jemals zuvor.

Zu diesen Kölnern gehörten die zwielichtigen Gestalten, die hier so verschwörerisch zusammenhockten. Die Männer sprachen kaum zur Begrüßung, nickten sich nur zu. Ihr Vater wechselte ein paar Worte mit Jakob.

Fina hörte, wie der Frackmann erklärte, dass die Verbindungsleute aus dem Bergischen, nun um ein paar Säckel Münzen reicher, bereits wieder abgezogen waren. Der Handel war perfekt.

Schließlich standen alle auf und begannen, mit

bloßen Händen in einem Reisigberg zu wühlen, der sich hinter einem dicken Fichtenstamm verbarg.

Jetzt entdeckte Fina auch das Pferdefuhrwerk dahinter. Der Gaul blies weiße Wölkchen in die Morgenluft, warf den Kopf hoch und schnaubte.

Nach den ersten Handgriffen enthüllten die Männer eine riesige Menge von Tuchbahnen, die fest mit Sackleinen umwickelt waren. Der Berg war fast so hoch wie sie, erkannte Fina, und mindestens dreimal so lang. So viel Schmuggelware hatte sie noch nie auf einem Haufen gesehen!

Was für ein waghalsiges Unternehmen!, schoss es ihr durch den Kopf. Wie sollten sie diese Menge bloß unbehelligt in die Stadt hineinschaffen?

Die Männer begannen bereits, einzelne Ballen auf das Fuhrwerk zu hieven. Einer stand oben und sortierte sie so, dass sie festen Halt auf dem Karren hatten.

»Zieh das Reisig herab!«, befahl der Vater ihr, als er sah, dass sie etwas unschlüssig dastand.

Fina beeilte sich, seiner Aufforderung nachzukommen. Mit klammen Fingern zerrte sie an den Ästen und Zweigen und warf sie hinter sich, bis nach und nach die ganze Ware zum Vorschein kam.

Ballen für Ballen wuchteten die Männer auf den Karren und schichteten sie zu einem Turm auf. Fina hörte die Schmuggler keuchen und japsen.

Dass sie zu sechst waren, war ungewöhnlich. Normalerweise handelten die Männer so unauffällig wie möglich, und das ging in kleineren Gruppen einfacher. Aber zum einen wurden bei dieser Masse viele starke Hände gebraucht, um sie zu verfrachten. Zum anderen vermutete Fina, dass nicht nur ein einziger Geschäftsmann in Köln beliefert werden sollte. Sicher arbeitete jeder von den Galgenvögeln auf eigene Verantwortung für einen anderen Herrn, der seinen Teil von der kostbaren Ware ergattern wollte.

Die Sonne stand schon über den Baumwipfeln, als sie endlich die Fuhre beladen hatten.

Fina wurde angewiesen, beim Anseilen der Ballen zu helfen. Sie sprang mit ausgestreckten Armen hoch, um das Ende des Seils, das ihr Placknas von der anderen Seite des Fuhrwerks zuwarf, zu erreichen, fädelte es um eine Holzlatte und warf es zurück.

Die anderen Männer hatten sich inzwischen zusammengehockt, packten Brot und Speck aus, den sie in Streifen schnitten und verteilten.

Sie lachten, während sie Fina beobachteten, wie sie sich abmühte. Ihr Rock wippte bei jedem Sprung, den sie tat. Die Kapuze fiel ihr vom Kopf.

»Einen Winter noch, und dein Hühnchen wird ein knuspriger Braten sein, Bartel«, brummte einer der Männer.

»Halt dein Schandmaul, Kürschner«, fuhr Bartel ihn an. »Mit einem Pack wie euch wird sie sich gewiss nicht einlassen, meine Fina.«

»Hört, hört!«, spottete Jakob und lachte meckernd. »Hast du Besseres mit ihr vor?«

»Allerdings«, gab Bartel zurück. »Aber davon versteht ein Gesindel, wie ihr es seid, nichts.« Er hieb seine gelben Zähne in eine Speckscheibe und kaute darauf herum.

Auch die anderen rissen Stücke vom Brot ab und frühstückten in aller Ruhe.

Als Fina sich neben ihren Vater hockte, drückte er ihr einen Kanten Brot in die Hand.

»Haben wir keine Eile?«, fragte Fina, als sie die Aufmerksamkeit ihres Vaters einen Augenblick lang für sich hatte. Sie hatte sehr wohl die Bemerkungen der Schmuggler gehört, es aber für klüger gehalten, so zu tun, als hätte sie nichts mitbekommen. Sich mit einem dieser Hohlköpfe anzulegen, war nicht gefährlich. Alle gleichzeitig gegen sich aufzubringen, erschien ihr dagegen nicht besonders ratsam.

Ihr Vater schüttelte den Kopf. »Wir warten auf den Wachwechsel am Stadttor«, erklärte er ihr. »Und dann«, er zwinkerte ihr zu, als weihe er sie in ein großartiges Geheimnis ein, »marschieren wir in die Stadt wie die ehrbarsten Bürger aus dem Rheinland.«

Fina hob eine Braue. »Mit dem Fuhrwerk?«

»Na, was dachtest du denn? Natürlich mit der Ware!«

»Äh … und werden die Zöllner uns nicht kontrollieren?«

Ihr Vater lachte. »Diese Zöllner werden uns passieren lassen wie die besten Freunde, darauf kannst du dich verlassen.«

Die anderen stimmten in sein Grölen ein.

Fina war nicht zum Lachen zumute. So wie die Männer die Sache schilderten, schien es nicht mehr als ein Kinderspiel zu sein. Wenn sie sich da mal nicht täuschten … Doch was nützte es, wenn sie ihre Zweifel äußerte? Wer würde schon auf sie hören? Wie sie ihr Leben in dieser Männerwelt hasste! Als Frau hatte man es sowieso schon schwer genug, sich Gehör zu verschaffen, aber wenn man noch dazu jung war, hielt einen jeder Trantopf für ein dummes Gänschen. Ihr blieb nichts übrig, als zu beten und zu hoffen, dass sie alle ungeschoren davonkamen.

Endlich brachen sie auf. Einer der Männer führte den Gaul, die anderen stellten sich hinter dem Karren auf, um ihn mit vereinten Kräften über den weichen Waldboden bis zu dem Weg zu schieben, der geradewegs in die Stadt hineinführte.

Fina wurde angewiesen, gemeinsam mit Placknas vorwegzugehen, mit einem Messer herabhängende Äste abzuschneiden, sodass das Fuhrwerk ungehindert vorankam.

Ein Zweig peitschte Fina ins Gesicht und sie unterdrückte einen Schmerzensschrei, aber sie schnitt und hieb weiter. Es kam ihr wie eine Ewigkeit vor, bis sie endlich den breiten Pfad erreichten.

Sie atmete schwer, beugte den Oberkörper und hielt sich mit einer Hand die schmerzende Seite.

»Auf jetzt mit dir, Fina!«, fuhr ihr Vater sie an und wies mit dem Kinn auf den Kutschbock. Dort hatte bereits einer der Schmuggler Platz genommen und hielt die Zügel in der Hand. Zahnlos grinste er zu ihr herab.

Fina warf einen Blick zu ihrem Vater. »Ich möchte lieber laufen.«

»Keine Widerworte jetzt! Pack dich!«, gab er scharf zurück. »Hoch da mit dir! Ihr sollt aussehen wie ein Händler mit seiner Frau. Ganz unverdächtige Leute. Und zieh die Kapuze ins Gesicht, damit man nicht dein Alter errät.«

»Ja, Vater«, presste Fina hervor. Sie schrie auf, als plötzlich zwei Hände ihre Taille packten und sie mit Schwung auf den Kutschbock beförderten.

Stolpernd landete sie geradewegs in den Armen des Zahnlosen, der heiser lachte und sie festhielt. Mit kräftigen Stößen ihrer Ellbogen befreite sie sich und ließ sich neben den Gauner plumpsen, so weit entfernt, wie es nur möglich war.

Aus den Augenwinkeln sah sie Jakob heraufgrinsen. Er war derjenige, der sie kurzerhand wie eine Puppe angehoben hatte, als sie zu lange gezögert hatte.

Sie warf ihm einen Gift sprühenden Blick zu. »Wag es nicht noch einmal, mich anzupacken, du hirnloser Nichtsnutz«, zischte sie ihm so leise zu, dass ihr Vater es nicht mitbekam.

Jakob hob die Brauen und beide Hände, blähte die Wangen und wich tatsächlich etwas zurück.

Im Schritttempo setzte sich der Trupp in Bewegung. Der Gaul zockelte gemächlich. Die Räder des Fuhrwerks ächzten unter der Last.

Fina versuchte, auf dem wackelnden Kutschbock das Gleichgewicht zu halten. Ihr Hintern schmerzte schon nach kurzer Strecke von den Schlaglöchern und der rumpelnden Fahrt.

Jakob begann, ein Lied über eine schöne Hexe zu trällern, die am Ende auf dem Scheiterhaufen landete, andere tauschten die neuesten Witze über den Frankenkaiser aus, der mit seiner *Grande Armée* nach Meinung der Schmuggler kurz vor seinem schmählichen Ende stand.

Dann kam die Stadtmauer in Sicht und das Tor, durch das sie passieren wollten.

Fina hielt den Atem an, während sie geradeaus blickte. Auch die Gaunerbande legte alle Gelassenheit ab.

Jakobs Lied verstummte, die Spottreden auf Napoleon erstarben. Alle starrten zur Pforte.

Die Anspannung war fast körperlich spürbar. Gerade noch hatten alle eine solche Sicherheit ausgestrahlt, und nun auf einmal mischten sich Zweifel unter die Gruppe. Ob sie tatsächlich alles bedacht, alle Möglichkeiten durchgespielt hatten?

Was, wenn nicht der Soldat, mit dem sie sich verbündet hatten, Dienst tat? Was, wenn ihm etwas dazwischengekommen war?

Was, wenn der zweite Zöllner an der Pforte misstrauisch wurde?

Was, wenn sie die Ware vorzeigen mussten?

Auch bei den penibel geplanten Schmuggelaktionen gab es immer einen Rest von Gefahr – und wie sorgfältig für diesen Tag Vorarbeit geleistet worden war, wollte Fina in diesem Moment, da es kein Zurück mehr gab, lieber nicht wissen. Fest stand nur, dass keiner der Männer scharf darauf war, der Gegenseite in die Hände zu fallen.

Mit Schmugglern machten die Franzosen kurzen Prozess. Das Zuchthaus war noch das geringste Übel. Die Strafen fielen besonders hart aus, um andere, die sich mit ähnlichen Gedanken umtrieben, abzuschrecken. Deswegen wurden auch beschlagnahmte Waren öffentlich verbrannt. Fina hatte schon manches Mal den Kopf über die versammelte Menschenmenge gereckt, wenn auf dem Alten Markt ein Feuer entzündet wurde und der Qualm über den Dächern den Himmel verdeckte.

Der zahnlose Kerl neben ihr zügelte mit einem Schnalzen den Gaul, als sie sich dem Stadttor näherten. Sofort traten aus dem Wachhäuschen Zöllner mit französischen Hüten und Gewehren. Ihre Mienen waren unbeweglich, ihre Blicke kalt wie Eis, als sie den Trupp musterten.

Fina schaute zu ihrem Vater, der neben dem rumpelnden Rad schritt. Auf seiner Stirn hatten sich Schweißperlen gebildet.

Sofort sprang seine Sorge auf sie über und sie fühlte, wie ein Frösteln ihren Körper durchlief.

»Halt!«, rief einer der beiden Soldaten. »Wer seid ihr und was habt ihr geladen?«, fragte er auf Französisch.

Fina verstand nur Bruchstücke, aber sie konnte sich den Sinn zusammenreimen. Warum fragte der Zöllner? Warum ließ er sie nicht passieren, wie ihr Vater vorhergesagt hatte?

»Wir sind Weber aus dem Bergischen und bringen unsere Ware auf den Markt«, antwortete der Mann neben ihr in gebrochenem Französisch.

War das vielleicht die Parole, die sie mit dem verbündeten Zöllner verabredet hatten? Fina hoffte es so sehr, betete, dass sie sie durchwinken würden.

Doch da traten auf einmal hinter der Stadtmauer weitere Soldaten hervor, die Gewehre im Anschlag, die Bajonette auf sie gerichtet.

Was ist hier los?

Fina blickte sich um und sah Wut und Angst in den Gesichtern der Schmuggler, und sie hörte ihren Vater zischen: »Verrat! Wir sind verraten worden!«

Nein, nein, bloß nicht!, schoss es Fina durch den Kopf. Ihr ganzer Körper spannte sich an, während die Soldaten mit festen Schritten auf sie zustapften. Einer begann, an dem Sackleinen zu zerren, das den kostbaren Stoff umgab.

Da wechselten die Schmuggler schnelle Blicke. Jakob und Placknas waren die Ersten, die eine Entscheidung trafen. Die beiden nickten sich zu, dann flitzten sie los, wurden aber von zwei Franzosen sofort aufgehalten.

Im Nu entstand ein wildes Getümmel, Schreie wurden laut, Fäuste flogen durch die Luft, Männer gingen zu Boden, der erste Schuss fiel ... Und auf einmal züngelten auf dem Fuhrwerk die ersten Flammen. Grauer Rauch stieg auf, ließ die umstehenden Männer heftig husten.

Ein Messer blitzte, dann quoll Blut aus dem Bauch eines Zöllners. Er presste ungläubig beide Hände auf den Leib, bevor er zusammenbrach. Eine rote Lache breitete sich auf dem Boden aus.

Mehrere Soldaten legten ihre Gewehre an, versuchten, die Schmuggler in dem mörderischen Kampfgewirr anzupeilen, während das Feuer auf dem Karren sich in Windeseile ausbreitete.

»Lauf, Fina, lauf!«, schrie ihr Vater aus Leibeskräften, als ihn gleich drei Soldaten auf einmal zu bändigen versuchten. Er wehrte sich wie ein gefangener Stier, hatte dabei aber nur seine Tochter im Blick.

Fina hockte auf dem Kutschbock wie versteinert, fühlte kaum die sengende Hitze in ihrem Rücken. Ihre Füße gehorchten ihr nicht. Keiner kümmerte sich um sie.

»Lauf los, Fina!« Die Stimme ihres Vaters überschlug sich. »Lauf zu Krüll! Er wird dir …« Der Rest seiner Worte ging in einem Gurgeln unter, als der Griff eines Gewehrs in seine Magengrube fuhr und er in sich zusammensackte.

»Vater!« Sie glaubte zu schreien, doch es war nur ein Flüstern.

Der Mann neben ihr wurde von zwei Soldaten vom Kutschbock gerissen, zwei Hände griffen nach ihr.

Und da endlich sprang Fina.

Mit einem Satz war sie vom Kutschbock, raffte ihren Rock und begann so schnell zu laufen wie noch nie zuvor in ihrem Leben.

7

Fina verschwendete keinen Gedanken daran, welche Richtung sie einschlagen sollte, lief geradeaus durch das Tor in die Stadt hinein. Nur weg hier und den Tumult hinter sich lassen!

Eine Gewehrkugel zischte dicht an ihrem Ohr vorbei. Sie zog den Kopf ein, rannte immer weiter und weiter.

Stiefelschritte hallten hinter ihr, französische Schimpfworte wurden ausgestoßen. Wieder ein Schuss, der diesmal eine Handbreit vor ihr auf dem Pflaster einschlug.

Finas Lunge brannte, ihr Atem ging keuchend, der Schweiß rann ihr in Bächen die Schläfen hinab.

Ohne nachzudenken, wandte sie sich hier nach links, dort nach rechts, schlug Haken wie ein Hase auf der Flucht vor der Hundemeute. Doch das Hallen der Stiefelschritte ließ nicht nach, erklang mal weiter weg, dann wieder näher.

Wenn sie doch nur einer der Bürger in den Häusern dieser Gegend einlassen, ihr einen Unterschlupf gewähren würde!

Aber die Türen blieben verschlossen, mancher stieß sogar die Fensterläden zu. Die Leute wollten in nichts verwickelt werden. Fina war sich selbst überlassen.

An der nächsten Ecke warf sie den Umhang ab, der drückend wie eine nasse Pferdedecke auf ihr lastete, ließ ihn liegen und rannte in ihrem Kleid weiter.

Am liebsten hätte sie sich auch von ihren Schuhen befreit. Schmerzhaft hämmerten die Zehen bei jedem Schritt gegen die vordere Naht, ihre Fersen brannten höllisch. Aber stehen zu bleiben und sie abzustreifen wagte sie nicht. Zu viel Zeit würde ihr verloren gehen, und wenn die Soldaten sie einholten, dann gnade ihr Gott.

Menschenleer waren die Gassen, als wären die Leute, von dem lauten Kampf alarmiert, eiligst in ihre Häuser geflüchtet.

Wie ausgestorben erschien Fina dieses Kölner Viertel, in dem sie nie zuvor gewesen war. Sie wusste nicht, wo sie ankommen würde, orientierte sich nur halb an dem hohen hässlichen Kran über dem unfertigen Dom, der weit über die Dächer hinausragte.

Dort am Domplatz würde sie Menschen treffen,

wäre nicht mehr so schutzlos dieser Verfolgung ausgesetzt. Dort würde sie sich unter die Menge der Pilger und Gaffer mischen können, und vielleicht würden die Soldaten aufgeben, wenn sie in den Menschentrauben verschwand. Das war ihre einzige Hoffnung.

Was mochte den anderen geschehen sein?

Ob sie schon in Ketten dahockten und darauf warteten, abtransportiert zu werden?

Oh, Herr im Himmel, dachte sie, *Vater …* Sie stieß ein Stoßgebet aus, es möge ihm gelungen sein zu fliehen.

Wieder hörte sie Stiefelschritte rhythmisch stampfen. Und sie hatte kaum noch Luft zum Atmen! Ihre Beine fühlten sich schwer wie Senkblei an, der Schweiß durchnässte ihre Bluse. Ihr Brustkorb hob und senkte sich, als sie die nächste Weggabelung erreichte.

Da, nach links, führte eine breitere Straße.

Fina zögerte nicht lange und wählte diese Richtung.

Eine Kutsche überholte sie, und an der nächsten Kreuzung sah sie einzelne Passanten schlendern.

Sie sammelte den letzten Rest ihrer Kräfte, flitzte über mehrere Ecken zwischen schmalen Gassen auf dieses Viertel zu und presste sich, als sie glaubte, ihre Lunge müsse platzen, in einen Hauseingang, ganz eng an die Mauer. Die unebenen Steine spürte sie ihren ganzen Rücken bis zu den Beinen hinab.

Sie keuchte mit offenem Mund, wischte sich mit dem Handrücken über die Stirn, während sie fieberhaft einen klaren Gedanken zu fassen versuchte.

Sollte sie bei diesen Leuten hier klopfen und um Einlass bitten?

Wie groß war ihre Chance, dass sie auf Franzosenhasser traf und nicht auf Bürger, die sich den Gesetzen und Bräuchen der Machthaber unterworfen hatten?

Dass sie auf der Flucht vor dem Gesetz war, konnte sich jeder, der sie sah, an den Fingern abzählen.

»Brauchst du Hilfe?«

Fina erschrak bis ins Mark, als neben ihr eine Frau auftauchte. Sie trug ein kostbar besticktes Cape. Der Stoff ihres Kleides schimmerte seidig. Fina schätzte sie auf Anfang dreißig. Die blonden Haare ringelten sich an den Schläfen. Über dem rechten Arm trug sie einen Weidenkorb, in dem Eier, Brot und eine Weinflasche lagen, an ihrer anderen Hand hielt sie ein Mädchen, das wiederum die Hand eines weiteren Mädchens hielt.

Die beiden Kinder waren nicht nur exakt gleich gekleidet, mit grünen Kleidchen und zartgelben Blusen, sie glichen sich auch wie ein Ei dem anderen.

Fina hatte noch nie in ihrem Leben Zwillinge gesehen. Als sie zu ihr hochgrinsten, bemerkte sie, dass ihnen sogar an der gleichen Stelle ein Zahn fehlte. Keine faulen Stumpen, sondern das Milchgebiss von Sprösslingen aus bestem Haus.

Fina gelang es nicht, das Grinsen der beiden zu erwidern, sie starrte nun wieder die Frau an, deren breiter Mund zu einem Lächeln geschwungen war.

In ihrem Blick lag eine Warmherzigkeit, die Fina von einem Augenblick zum nächsten Tränen in die Augen trieb.

Wie gerne hätte sie sich an jemanden geklammert, der ihr über den Kopf strich und ihr sagte, alles würde gut werden, alles sei nur ein böser, böser Traum …

Aber das tat sie natürlich nicht bei dieser Fremden.

»Ja«, sagte sie nur und ihre Stimme kippte dabei. Sie räusperte sich. »Ich brauche Hilfe, ich …«

»Pst«, machte die Fremde. »Dann komm …« Sie stellte ihren Korb auf dem Pflaster ab, ließ die Hand des Kindes los und löste ihr Cape, das mit einer Silberbrosche unter ihrem Kinn gehalten wurde.

»Hier, wirf das über …« Mit wenigen Handgriffen drapierte sie den Umhang um Fina und befestigte die Brosche wieder. Sie zog ihr die Kapuze über und tief hinunter, bis ins Gesicht. »Jetzt nimm die Mädchen an die Hand.«

Ein zarter Duft umgab Fina, ein Duft wie von Rosenblüten. Sie sog tief die Luft ein und fühlte sich für einen Wimpernschlag geborgen.

Dann tat sie, wie die Fremde sie geheißen hatte, und streckte beide Hände aus. Jedes der Mädchen ergriff eine.

»Folg mir«, sagte die Frau und ging voran, ihre Schritte klein und elegant, der Rücken gerade und mit anmutigem Schwung über dem Po, der Kopf erhoben wie bei einer Königin.

Fina versuchte, ihren Schritt nachzuahmen, aber sie spürte, dass es ihr nicht gelang. Viel zu wackelig waren ihre Beine, viel zu tief ihre Verunsicherung und Angst.

Und trotzdem fügten sie sich unauffällig in das Straßenbild ein: die hoch angesehene Kölner Bürgerin mit ihrem Kindermädchen.

Doch würden die Soldaten, falls sie ihnen begegneten, wirklich darauf hereinfallen?

Würden sie ihr nicht unter der Kapuze ins Gesicht starren, sie auf der Stelle erkennen und ohne großes Federlesen abführen?

Ihr blieb keine Zeit, weiter zu rätseln, denn in diesem Augenblick hetzten die Soldaten im Gleichschritt um die nächste Ecke. Fina sah, wie sie einen Mann mit Spazierstock und Frack ansprachen, wie dieser den Kopf schüttelte und weiterschlenderte. Dann hasteten die Männer genau auf sie zu.

Ihre Gesichter glühten von der Anstrengung, die Franzosenmützen waren verrutscht. In ihren Augen blitzte es, während sie sich umschauten, die Gewehre im Anschlag.

Schließlich erreichten sie die kleine Prozession. Sie verlangsamten den Schritt und verharrten.

Die Fremde mit Fina und den Kindern im Schlepptau wollte mit einem angedeuteten Neigen des Kopfes an ihnen vorbeiflanieren.

Die Soldaten grüßten mit einer Verbeugung und schulterten die Gewehre. Sie standen stramm.

»*Excusez-moi*, Madame, wir sind auf der Suche nach einer Kriminellen. Sie müsste hier vorbeigekommen sein, ein liederliches Weibsstück in ärmlichster Garderobe. Haben Sie sie gesehen?«

Die Fremde bog den Rücken – falls überhaupt möglich – noch ein Stück gerader durch, sodass sie in königlicher Manier auf die Soldaten hinabblicken konnte. »In der Tat habe ich ein solches Mädchen gesehen. Kurz geschorene Haare?«

Die Soldaten nickten eilfertig und reckten mit erwartungsvollem Blick die Köpfe vor.

Die Frau wies mit der Hand in die Richtung, aus der sie gerade gekommen waren. »Dahinunter ist sie. Und sie schien mir recht eilig unterwegs. Sie müssen sich sputen, wenn Sie sie noch einholen wollen.«

»*Merci beaucoup,* Madame. Sie haben uns einen großen Dienst erwiesen!« Die Soldaten hielten sich nicht lange auf, nahmen die Beine in die Hand und hechteten die Straße hinab. In ihrem Rücken hörte Fina, wie die Stiefelschritte sich auf dem Pflaster entfernten.

Der Himmel hat mir diese Frau geschickt, ging es ihr durch den Kopf, während sie sich wieder in Bewegung setzte.

Doch obwohl die Gefahr gebannt war, wurden ihre Knie noch eine Spur zittriger.

Schwindel erfasste sie, gleichzeitig verschwammen die Häuserfassaden und der Rücken der Fremden vor ihren Augen. Sie spürte den Druck der Kinderhände in ihren, und dann spürte sie nichts mehr, nicht mal, wie sie, gleich einer Marionette, der jemand die Fäden durchtrennt hatte, zu Boden ging.

8

Als Fina die Augen aufschlug, dachte sie im ersten Moment ernsthaft darüber nach, ob sie tot war und einen Platz im Himmel gefunden hatte. Vielleicht hatte der Herrgott nach all ihren Gebeten doch ein Einsehen gehabt und sie kurzerhand zu sich geholt, damit sie Ruhe gab.

Regungslos lag sie unter einer dicken Daunendecke, die schwachen Lavendelduft verströmte.

Ihr Kopf ruhte auf einem mit Spitze verzierten Kissen. Sie starrte an eine hohe Decke, die mit Stuckarbeiten verziert war. Aus dem Augenwinkel nahm sie ein geöffnetes Fenster wahr, an dem sich blassrote Gardinen in der leichten Septemberbrise bauschten. Schräg fiel goldenes Sonnenlicht in den Raum und warf orangefarbene Glitzerstreifen an die Wände. Dem Stand der Sonne nach zu urteilen, war es später Nachmittag. Doch halt … Schien im Himmel die Sonne?

Fina versuchte, sich auf die Ellbogen aufzurichten, um sich einen besseren Überblick zu verschaffen. Es kostete sie so viel Mühe, als müsste sie einen Zentnersack Kohlen hochhieven. In ihren Adern schien flüssiges Blei zu fließen. Gleichzeitig drang ein stechender Schmerz von der Stirn aus durch ihren Kopf und ließ sie stöhnend wieder zurücksinken.

Gedanken und Erinnerungen drehten sich umeinander, unscharfe Bilder, die sie verwirrten und den Kopfschmerz verstärkten.

Der Wald im Morgennebel, die Fracht auf dem wackelnden Fuhrwerk, Kampfgetümmel am Stadttor, die aufgerissenen Augen im Gesicht ihres Vaters, als ihm die Hände hinter dem Rücken gebunden wurden, sein zum Schrei verzerrter Mund, *lauf, Fina, lauf,* der keuchende Atem wütender Soldaten in ihrem Nacken, Schüsse, die durch die Luft peitschten, im Boden vor ihr einschlugen … Ja, der Schuss im Pflaster vor ihr – das war die letzte Erinnerung, die sie abrufen konnte.

Was war danach geschehen? Hatte der nächste Schuss sie getroffen? Tödlich vielleicht?

Vorsichtig bewegte Fina ihre Füße, dann ballte sie die Hände zu Fäusten und öffnete sie wieder. Nein, tot fühlte sich das nicht an.

Sie leckte sich über die Lippen und spürte die Trockenheit in ihrem Mund. Die Zunge klebte am Gaumen, das Schlucken fiel ihr schwer.

Durst, sie hatte solchen Durst …

Sie drehte den Kopf nach links, sah einen Kleiderschrank mit Intarsienarbeiten auf den Türen und einen zierlichen Waschtisch, über dem in kunstvoll geschmiedeten Haltern zwei Kerzen thronten.

Sie wandte den Kopf nach rechts … Eine Kommode direkt neben ihrem Bett und darauf ein Becher mit Wasser.

Wieder stemmte sie sich hoch, bemüht, den Schmerz nicht zu beachten, der sich bei der Bewegung abermals in ihrem Kopf ausbreitete, griff nach dem Becher und setzte ihn an die Lippen.

Ein Rinnsal lief ihren Mundwinkel hinab, weil ihr das Trinken in dieser Haltung schwerfiel.

Das Wasser schmeckte wie der köstlichste Wein, belebte ihre Sinne und erfüllte sie mit einer leise spürbaren neuen Kraft. Fina trank den Becher bis auf den letzten Tropfen leer. Dann stellte sie ihn ab und ließ sich mit einem Seufzen zurück in die Kissen gleiten.

Sie schlug die Daunendecke zurück und betrachtete, ihr Kinn auf die Brust gesenkt, das fremde Nachthemd. Es war weich und blütenweiß und fühlte sich auf ihrer Haut an wie ein Streicheln. Am Halsausschnitt sah sie eine Blumenstickerei.

Wem gehörte dieses Nachthemd? Und wer, um Himmels willen … heiße Röte stieg ihr in die Wangen … wer nur hatte es ihr angezogen? Wo war ihre eigene Kleidung?

In diesem Augenblick öffnete sich die Tür und eine Frau trat herein. Sie trug ein Tablett in den Händen, auf dem eine Teekanne, zwei Tassen und eine Schale mit Gebäck platziert waren.

Fina blickte sie skeptisch an und da löste sich auf einmal die Erinnerung wie aus dichtem Nebel. Diese Frau hatte sie gerettet. Zwei Mädchen waren in ihrer Obhut gewesen.

»Guten Abend«, begrüßte die Fremde sie mit sanfter Stimme. »Fühlst du dich ein bisschen besser?« Sie stellte das Tablett auf der Kommode ab und zog einen mit rotem Samt bezogenen Stuhl heran.

Fina richtete sich auf. Sofort sprang die Frau ihr bei, um die Kissen in ihrem Rücken aufzuschütteln und stützend hinter sie zu legen. »Gut so?«

Fina nickte. Als sie sprechen wollte, kam kein Ton aus ihrer Kehle. Sie räusperte sich und versuchte es erneut. »Ich … ich … Wo bin ich? Wie komme ich hierher?«

»Du bist im Gästezimmer meines Hauses. Marie und Agnes, meine beiden Töchter, sind gleich hierhergelaufen und haben meinen Mann geholt, nachdem du mitten auf der Straße zusammengebrochen bist. Erinnerst du dich?« Die Frau sah ihr in die Augen, als versuche sie zu erkennen, was hinter ihrer Stirn vor sich ging.

Fina nickte langsam. »Ja, ich glaub schon … Sie haben mir geholfen, mich vor den Soldaten zu verstecken …«

Die Frau lächelte. »Genau. Ich habe sie in die entgegengesetzte Richtung geschickt.« Sie kicherte wie ein junges Mädchen, das jemandem einen Streich gespielt hatte.

Fina lächelte sie an. Sie mochte diese Fremde. Und das nicht nur, weil sie ihr geholfen hatte. Von ihr ging so viel Wärme und Herzlichkeit aus.

»Ich heiße Fina. Josefina Bartel.« Sie hob die Hand linkisch von der Bettdecke.

Ihre Retterin nahm sie mit beiden Händen und drückte sie leicht. »Ich freue mich, dich kennenzulernen, Fina. Du bist in unserem Haus willkommen, bis du wieder auf den Beinen bist. Ich bin Sybilla Dorhaus. Du kannst mich Billa nennen, so rufen mich alle, die mich kennen, seit meiner Kindheit.«

»Madame Billa«, wiederholte Fina andächtig.

Billa lachte schallend. »Nicht Madame, bitte! Einfach nur Billa.«

Fina spürte, dass ihre Wangen heiß wurden. Ob sie diese Dame so salopp mit ihrem Vornamen ansprechen konnte? Wohl kaum.

Madame Billa schenkte dampfenden Tee in die

beiden Tassen auf dem Tablett. Der Duft von Kräutern und Honig erfüllte den Raum. Sie reichte Fina die Tasse. »Trink das. Das wird dir guttun nach den Strapazen. Verspürst du Schmerzen?«

Fina nahm die Tasse und nippte daran. Ah, das schmeckte. Genießerisch schloss sie die Augen und nahm mehrere kleine Schlucke hintereinander. »Ich fühle mich noch ein bisschen schwindelig ... mein Kopf, wissen Sie? Aber sonst habe ich keine Schmerzen.« Sie bewegte unter der Bettdecke prüfend die Beine, Füße und Zehen, ließ die Schultern kreisen, neigte den Kopf nach links und rechts.

Ein bisschen steif war sie vom langen Schlafen, aber sie schien sich nicht verletzt zu haben.

Sie nahm sich einen nach Zitrone duftenden Keks aus der Schale, die Madame Billa ihr reichte, und merkte erst jetzt, dass sie Hunger hatte wie ein junger Bär nach dem Winterschlaf. Sie beherrschte sich aber und knipste nur kleine Stückchen von dem Gebäck mit den Zähnen ab.

»Magst du mir erzählen, wie du in diese Notlage gekommen bist, Fina?«

Fina erglühte bis zu den Ohren. Diese Frau war so herzlich, so gutmütig ... Wie würde sie reagieren, wenn sie erfuhr, dass Fina die Tochter eines Schmugglers und auch noch in dessen Geschäfte verwickelt war?

Offenbar erahnte Madame Billa ihre Gedanken. Sie strich über Finas Hände, die sie auf der Bettdecke gefaltet hielt und zusammenkrampfte, dass die Knöchel weiß hervortraten. »Sorg dich nicht, Fina. Ich kann mir schon denken, dass die Soldaten nicht ohne Grund hinter dir her waren. Hab Vertrauen zu mir.«

Fina nahm allen Mut zusammen und begann leise zu erzählen.

Sie ließ nichts aus, beschönigte nichts, und als sie damit schloss, dass sie sich irgendwo zwischen den Häusern verstecken wollte, als sie Madame Billa begegnete, blickte sie ihre Retterin angstvoll an. Hatte sie zu viel erzählt?

Eine Falte stand nun zwischen Madame Billas Augenbrauen. Sie lächelte auch nicht mehr, sondern kniff die Lippen fest zusammen.

Habe ich es doch gewusst!, dachte Fina. Ihr Herz begann, in der Brust zu hämmern. *Nun verachtet sie mich und schickt mich fort von hier. Und wohin soll ich dann bloß gehen?* Was hatte der Vater ihr nachgerufen? *Lauf zu Krüll …*

Auf einmal hatte sie das Gefühl, das Blut ströme aus ihrem Kopf. Kurz befürchtete sie, erneut in Ohnmacht zu fallen, aber da endlich sprach Madame Billa.

»Das ist alles sehr schlimm, Fina …«

»Ja, ich weiß, Madame … Es … es tut mir so

leid … Ich hätte da niemals mithelfen sollen und …«

»Pst«, machte Billa und nahm ihre Hände. Endlich lächelte sie auch wieder. »Du trägst doch keine Schuld, Mädchen. Dein Vater hätte dich in diese Sache nicht verwickeln dürfen. Ein so junges Mädchen bei kriminellen Machenschaften hinzuzuziehen … Das war sehr verantwortungslos von ihm.«

Fina schwieg.

Madame Billa hob den Kopf. »Aber ich verstehe auch, dass du keine andere Wahl hattest. Die Frage ist nur: Was wird nun aus dir, wo dein Vater allem Anschein nach ins Zuchthaus muss? In der Spielmannsgasse wohnst du?«

Fina hatte den Eindruck, dass sie die Nase rümpfte, als sie den Namen der Straße aussprach. Oder täuschte das nur? Sie nickte.

»Dahin kannst du jedenfalls erst einmal nicht zurück. Wenn sie nach dir suchen, dann doch als Allerererstes in eurem Haus.«

»Ich weiß, es ist kein gutes Viertel«, meinte Fina sich entschuldigen zu müssen. »Aber es ist mein Zuhause.«

»Ja, es ist dein Zuhause. Aber im Moment gibt es keinen gefährlicheren Ort für dich.«

Tränen stiegen in Finas Augen. »Sie können sich sicher nicht vorstellen, dass man sich in einem solchen Viertel zu Hause fühlen kann, aber …«

Madame Billa schmunzelte. »Oh, liebe Fina, da täuschst du dich. Ich habe nicht immer in diesem Haus hier gewohnt. Früher habe ich mit meiner Mutter und meiner Schwester in der Schmiergasse gelebt.«

Finas Augen weiteten sich. »Wirklich? Das kann ich mir gar nicht vorstellen«, sagte sie. Diese vornehme Dame in einer so heruntergekommenen Gegend? Wie passte das zusammen?

Madame Billa lachte und lehnte sich auf ihrem Stuhl zurück. »Möchtest du meine Geschichte hören?«

Fina nickte, nahm sich einen weiteren Keks, steckte ihn ganz in den Mund und kaute mit vollen Backen, während sie darauf wartete, dass Madame Billa zu erzählen begann.

9

Als ich ungefähr in deinem Alter war, war ich fest davon überzeugt, dass ich niemals im Leben ein Zipfelchen vom Glück zu fassen bekommen würde. Ich lebte damals mit meiner Mutter und meiner Schwester Sophie in einem kleinen Haus in der Schmiergasse. Meine Mutter betrieb eine Nähstube, Sophie und ich gingen ihr zur Hand. Tagein, tagaus nähten und flickten wir die Arbeitskleider der Leute aus unserem Viertel. Ich hasste die Arbeit an diesen derben Stoffen so sehr und wachte jeden Morgen in übelster Stimmung auf, weil es in diesen Tagen nichts gab, worauf ich mich hätte freuen können. Das heißt, doch …«, Madame Billa schmunzelte, »eine Freude hatte ich. Und das war der Nachbarsjunge. Toni hab ich ihn gerufen …« Bei der Erinnerung erhellte ein Lächeln ihre Züge.

»Wann immer ich mir ein paar freie Stunden erbetteln konnte, immer wenn ich zum Markt musste oder sonstige Erledigungen aufgetragen bekam, traf ich mich mit Toni. Er war der beste Freund, den ich mir wünschen konnte. Mit ihm zusammen konnte ich für ein paar Stunden das Elend, in dem wir lebten, vergessen. Unten am Rhein, in einem Versteck, träumten wir zusammen von einer schöneren Zukunft. Das waren zauberhafte Momente.«

Fina seufzte. Das hörte sich sehr romantisch an. »Was ist aus Toni geworden?«

Billa hob eine Hand. »Warte … Also, wir verbrachten all unsere freie Zeit miteinander und erlebten auch gemeinsam, wie die Franzosen in die Stadt zogen.« Sie lächelte auf Fina herab. »Du kannst dir sicher nicht mehr vorstellen, wie es in Köln ohne die Franzosen ausgesehen hat, hm? Damals gab es keine Straßenbeleuchtung und die Leute kippten den Müll aus den Fenstern. Die ganze Stadt war eine Kloake. Gegen die Zustände von damals liegt dein heutiges Zuhause in einer vornehmen Gegend.«

»Aber die Franzosen brachten nicht nur Ordnung zu uns …«, wandte Fina ein. Sie spürte, dass diese Frau sie ernst nahm. Ihr gegenüber brauchte sie mit dem, was sie gehört und gelernt hatte, nicht hinterm Berg zu halten. Madame Billa würde ihr nicht über den Mund fahren, wie Fina es von ihrem Vater ein Leben lang gewohnt war.

Billa nickte. »Da hast du natürlich recht. Aber für uns war es damals so, dass ein frischer Wind in die Stadt wehte. Es schmeckte wie Frühling im Oktober, weißt du? Wir jubelten und feierten mit den Franzosen und freuten uns auf die neuen Zeiten. Aber während die ganze Stadt in Aufruhr war, änderte sich in unseren Elternhäusern nichts. Meine Mutter hielt daran fest, dass ich irgendwann die Nähstube übernehmen und schon bald einen tüchtigen Mann finden würde. Ich hasste diese Vorstellung von ganzem Herzen, das kannst du mir glauben. Aber noch schlimmer traf es Toni, meinen Freund.« Ein Schatten fiel über Madame Billas Gesicht, als sie sich daran erinnerte. »Er hatte einen gewalttätigen Vater, der seinen Jähzorn an ihm ausließ. Es war … für ihn war es die Hölle.« Sie schluckte. »Mir blieb das Herz stehen, als ich zum ersten Mal die blutigen Striemen auf Tonis Rücken entdeckte.«

»Das kann ich mir vorstellen …«, flüsterte Fina. Wie mochte sich Toni aus dieser Hölle befreit haben?

Billa fuhr fort: »Als Toni beschloss, die Stadt zu verlassen, entschied ich spontan, mich ihm anzuschließen.« Ein Schmunzeln glitt über ihr Gesicht.

Auch Fina lächelte. »Das klingt sehr abenteuerlich«, bemerkte sie.

Billa nickte. »Ja, so fühlte es sich an. Aufregend,

verwegen, abenteuerlich. Und es war zunächst auch ganz lustig. Wir gerieten an eine Gauklertruppe, die vor der Stadt gastierte. Wir wären mit ihnen weitergezogen, irgendwohin ins Ungewisse, aber dann … dann wurde ich sehr krank.«

»Oh, wie traurig!« Fina hätte es besser gefallen, wenn die Geschichte einen guten Ausgang genommen hätte.

»Na ja, ich musste zurück in die Stadt, zu einem Arzt, und Toni begleitete mich …«

»Er muss Sie wirklich geliebt haben, Madame Billa.«

Billa lächelte sie an. »Ja, das tat er. Das weiß ich ganz gewiss.«

»Und dann unternahmen Sie einen zweiten Versuch?«

Billa schüttelte den Kopf. »Ich nicht. Sophie hatte zum gleichen Zeitpunkt einen der jungen Franzosen kennengelernt. Wir nannten ihn nur den Schäng – weil er Jean heißt, weißt du?« Sie kicherte hinter vorgehaltener Hand. »Und der sorgte dafür, dass wir endlich edle Stoffe zur Verarbeitung bekamen. Als ich diese Stoffe zum ersten Mal in den Händen hielt, wusste ich, dass ich auch hier in Köln mein Glück machen konnte, dass auf einmal in meiner Heimatstadt alles möglich war. Das war ein wunderbares Gefühl.«

»Aber … aber Toni … Was geschah mit ihm?

Sein Vater hat ihn bestimmt schlimm zugerichtet, als er wieder heimkehrte.«

Billa schluckte. »Toni hat seinen Vater niemals wiedergesehen. Er blieb noch in der Stadt, bis ich vollständig genesen war, dann gestand er mir, dass er das Angebot hatte, auf einem Schiff nach Amsterdam als Schiffsjunge anzuheuern.«

»Oh nein … Er hat Sie verlassen?«

Billa nickte ernst. »Ja, das hat er getan, und es war die beste Entscheidung, die er treffen konnte. In Amsterdam lernte er einen alten Lehrer kennen, der ihn unter seine Fittiche nahm. Er gewährte ihm Quartier und behandelte ihn wie einen Sohn. Vielleicht, weil er selbst nie eigene Kinder hatte … Später vermittelte er Toni als Lehrjungen an einen befreundeten Geschäftsmann, einen gewieften Händler, von dem Toni alles über Handelsgeschäfte lernte, was es zu wissen gab. Er nahm ihn auf Reisen in ferne Länder mit und verschaffte ihm die allerbesten Kontakte.«

»Aber … hatten Sie denn weiterhin Verbindung zueinander?«, fragte Fina.

»Toni hat mir an unserem letzten Abend versprochen, dass er mir aus jedem Ort, an den es ihn verschlagen sollte, Briefe schreiben würde. Er hat sein Versprechen nie gebrochen. Jede einzelne Nachricht von ihm habe ich aufbewahrt und hüte sie bis heute wie einen Schatz …«

Fina stiegen Tränen in die Augen. »Haben Sie ihn jemals wiedergesehen?«

Billa lächelte. »Es dauerte sechs Jahre, bis ich meinen Toni wiedersah. Sechs lange Jahre hatten wir nur unsere Briefe. Während Toni in der Fremde den Warenhandel kennenlernte und um die halbe Welt reiste, begann ich hier in Köln, neue Kundschaft für unsere Nähstube zu gewinnen. Die seidenen Stoffe und meine Fantasie, verbunden mit Sophies Fleiß und Geschick, führten in den nächsten Jahren dazu, dass wir einen immer größer werdenden, immer vornehmeren Kundenstamm bekamen. Man empfahl uns weiter, schwärmte von der neuen Mode im Hause Togler ... Das war eine herrliche Zeit, als ich feststellte, dass ich aus eigenen Kräften mein Schicksal verändern konnte. Wenn nur Toni an meiner Seite gewesen wäre, wäre mein Glück damals schon perfekt gewesen. Aber, wie gesagt, Toni war sechs Jahre weg, und als er dann an einem kühlen Märztag auf einmal vor der Tür unserer Nähstube stand, da ... da ...« Billa versagte die Stimme. Sie tupfte sich mit einem Tüchlein über die Augenlider.

Fina schluchzte auf. »Er kam tatsächlich wieder? Oh, oh, das ist so wunderwunderschön ...«

Billa nickte. »Es war der schönste Tag in meinem Leben – wenn man mal von der Hochzeit absieht, die wir im Jahr darauf feierten, und von der Geburt meiner Kinder und … Ach, seit Toni wieder da war, gab es so viele schönste Tage, ich kann sie gar nicht mehr zählen …« Ein Strahlen ging jetzt über ihr Gesicht, als wäre gerade die Sonne aufgegangen. »Er ist die Liebe meines Lebens. Und das wusste ich damals schon, als wir uns in unserem Versteck am Rhein heimlich küssten.«

»So eine Liebe wünsche ich mir auch«, flüsterte Fina und blickte gedankenverloren aus dem Fenster auf die belebte Kölner Straße hinab. Die Bilder von ihrem Sternenprinzen stiegen in ihr auf, erfüllten sie mit einem wohligen Gefühl von Geborgenheit und Zärtlichkeit, bis sie verdrängt wurden von dem scharf geschnittenen Profil des Rattenmanns. Ein Frösteln durchlief Fina.

Billa lächelte sie liebevoll an. »Ich wünsche es dir auch, Fina.«

Fina holte tief Luft und wandte ihren Blick dann wieder ihrer Retterin zu. »Und was ist aus diesem gemeinen Vater geworden? Hat er nicht nach Toni gesucht?«

Billa hob die Schultern. »Ob er nach ihm gesucht hat, weiß ich nicht. Geflucht hat er, tagelang, wochenlang. Alle Nachbarn sind ihm aus dem Weg gegangen. Und dann lag er eines Tages mit blauem Gesicht und merkwürdig verkrampften Gliedmaßen in seinem Hof. Seine Frau fand ihn so. Über Tote soll man ja nichts Schlechtes sagen, aber um den alten Dorhaus hat keiner in der Schmiergasse eine Träne geweint. Seine Frau folgte ihm wenige Wochen später. Es hieß, ihr Herz sei gebrochen, weil auch ihr jüngster Sohn sie verlassen habe, nachdem Tonis ältere Brüder ihrem Elternhaus längst den Rücken gekehrt hatten. Aber ... ich glaube, sie wusste sich einfach nicht zu helfen ohne ihren Mann. Die Frau tat mir immer leid.«

»Und was ist aus Ihrer Schwester geworden? Sophie und ihrem Franzosen?«

Madame Billa grinste wie ein Spitzbube. »Auch Sophie hat ihr Glück gefunden. Sie heiratete ihren Schäng.« Ein Schatten flog über ihr Gesicht. »Allerdings musste sie die ersten Jahre viel Kummer seinetwegen ertragen. Als Soldat der *Grande Armée* kämpfte er natürlich in Napoleons Kriegen mit und bei einer Schlacht verlor er seinen linken Arm.«

»Oh«, hauchte Fina. »Der Ärmste ...«

Madame Billa nickte. »Aber ihrer Liebe schadete das nicht. Die beiden haben genau wie wir drei Kinder.« Sie lächelte nun wieder. »Und wir leben alle zusammen hier in diesem Haus. Während Sophie und ich die Mode entwerfen und mit unseren Näherinnen schneidern, kümmert sich Toni um die Kontakte ins Ausland und hält unsere weit entfernt wohnenden Kunden in Holland, Frankreich, Spanien bei Laune. Und meine Mutter geht uns auch zur Hand, wann immer sie die Lust dazu packt, aber lieber noch kümmert sie sich um ihre große Enkelschar.« Billa lachte.

Fina stimmte in ihr Lachen ein. Was für ein beneidenswertes Leben ... Wenn man bedachte, dass diese Frau genau wie sie selbst aus den allerärmsten Verhältnissen stammte ... Sie hatte wirklich das Glück gefunden. Und es war ihr nicht einfach zugefallen – sie hatte dafür gekämpft, daran geglaubt, mit ihren eigenen Händen ein Lebenswerk geschaffen ...

Fina bewunderte sie aus ganzem Herzen. Ob es ein Fingerzeig des Schicksals war, dass ausgerechnet Billa Dorhaus sie dort draußen auf der Straße aufgegriffen hatte? Wollte der liebe Gott ihr zu verstehen geben, dass sie sich ein Vorbild an ihr nehmen sollte? Fina seufzte schwer.

»Du machst dir Sorgen?«, fragte Billa einfühlsam, als sie Fina in die Augen blickte.

Fina nickte. »Ich bin so dankbar, dass Sie mich mitgenommen und vor den Soldaten gerettet haben. Aber ... aber ... was soll denn jetzt aus mir werden? Wie soll es weitergehen? Wie es aussieht, werden sie meinen Vater ins Zuchthaus stecken. Muss ich dann etwa ins Arbeitshaus am Holzmarkt?«

Madame Billa presste für einen Moment die Lippen aufeinander. »So weit werden wir es nicht kommen lassen, vertrau mir. Wir finden eine Lösung für dich. Ich muss mit der Familie darüber beratschlagen. Irgendeiner wird schon wissen, was wir tun können, bis dein Vater entlassen ist. Meinst du, du kannst aufstehen?«, fügte sie vorsichtig hinzu.

Fina richtete sich probehalber auf die Ellbogen auf. »Ich denke schon«, sagte sie. Auf jeden Fall war der Schwindel verflogen. Leichte Schmerzen verspürte sie nur noch dumpf und erträglich im Hinterkopf.

»Gut.« Billa stand auf und strich ihren Rock glatt. »Ich sortiere dir jetzt Kleidung heraus. Wenn du sie angelegt hast, kommst du bitte zum Abendessen hinunter. Ich stelle dich den anderen vor und wir besprechen, wie es weitergeht. Einverstanden?«

Fina nickte erleichtert.

10

Das Kleid, das Madame Billa für sie ausgewählt hatte, war nicht neu, aber es war frisch gewaschen und geplättet und verströmte, wie die Nachtwäsche, einen dezenten Geruch nach Lavendel, ein angenehmer Duft, der zu diesem Haushalt zu gehören schien wie ein Markenzeichen. Es war ihr nicht unlieb, sich damit zu umgeben; es fühlte sich an, als würde sie mit diesem an ihr haftenden Odeur selbst zu einem Teil der Familie. Fina nahm den Stoff in beide Hände. So weich wie Gänseflaum … Sie drückte ihn an ihre Nase, um den Duft einzuatmen. Es war kein herrschaftliches Kleid, ein einfacher Schnitt nur, ohne Verzierungen, Knöpfe und Schleifen, aber es war schöner als alles, was Fina je besessen hatte. Die Farbe erinnerte an Sand, die Einfassungen waren in einem dunklen Gelb gehalten.

Fina hielt es sich an und schaute in einem Anfall von mädchenhafter Eitelkeit mit einer kecken

Drehung in den mannshohen Spiegel, der neben der Tür angebracht war.

Oh weh! Sie erschrak, als sie die dunklen Schatten unter ihren Augen sah. Die Haare, seit dem barbarischen Schnitt nur wenig nachgewachsen, standen ihr wirr und ungekämmt vom Kopf ab. Sie schaute sich um und entdeckte, dass Billa für frisches Wasser am Waschtisch gesorgt hatte. Daneben lagen eine Bürste und ein Tuch. Fina schickte ihr im Geiste ein Dankeschön von ganzem Herzen.

Kurz darauf war sie umgezogen, gekämmt und gewaschen. Wie bereute sie es nun, dass sie sich von ihrem prächtigen Haar getrennt hatte! Wie hübsch hätte es sich zu ihrer neuen Garderobe ausgemacht. Aber noch vor wenigen Tagen war es ihr wie der einzige Ausweg erschienen, das letzte Mittel, um aufzubegehren.

Leise öffnete sie die Tür und linste hinaus.

Von unten drangen Stimmen – ein Gewirr aus Deutsch und Französisch – und fröhliches Kinderlachen zu ihr herauf. Sollte sie allein die Treppe hinabgehen oder würde Madame Billa sie abholen?

Vorsichtig machte sie einen Schritt vor die Tür, wartete ein paar Sekunden unentschlossen und stieg dann die Stufen hinab, wobei sie das Kleid an den Seiten hochhielt, damit sie nicht darüber stolperte.

Als sie unten anlangte, kam auch schon Madame Billa mit ausgestreckten Armen auf sie zu. »Da bist du ja! Und wie hübsch du aussiehst, so frisch herausgeputzt. Aber sag mal, jetzt kann ich dich ja fragen, was ist eigentlich mit deinen Haaren passiert?«

Fina bekam heiße Wangen und senkte den Blick.

Billa streichelte ihre Schulter und lächelte mütterlich. »Du musst es nicht erzählen, wenn du nicht magst. Jetzt komm erst einmal essen. Die anderen sind fast alle schon da.«

Fina nahm die Hand, die sie ihr reichte, und ließ sich in das Esszimmer führen, das von einem langen Tisch dominiert wurde. Unter der mit Spitze verzierten Decke lugten Tischbeine aus Mahagoni hervor.

Die Tafel war mit weißem Geschirr, blinkenden Gläsern und glitzerndem Silberbesteck gedeckt. In der Mitte dampften Schüsseln mit gebratenem Fleisch und Gemüse. Hm, wie das nach Kräutern und Würzsoßen duftete! Fina lief das Wasser im Mund zusammen, sodass sie schlucken musste.

Sie blickte in die Runde der freundlichen Gesichter und erkannte die beiden süßen Fratze, als deren Kindermädchen sie sich ausgegeben hatte. »Das sind Marie und Agnes«, erklärte Billa und deutete auf die rothaarigen Zwillinge. Eines der

Mädchen versuchte, sich aus der Glaskaraffe Wasser einzuschenken, und langte über den Bruder hinweg, um auch den Becher der Schwester zu füllen. »Meine beiden Töchter. Und zwischen ihnen sitzt Arnold, mein Jüngster. Er wird im nächsten Monat vier. Der Herr, der hinter ihm steht und ihm gerade Tischmanieren beizubringen versucht, ist mein lieber Mann«, fügte Madame Billa mit einem Lächeln hinzu. »Sei vorsichtig, Marie!«, ermahnte sie ihre Tochter.

Toni Dorhaus hob den Blick, während er seinen Sohn anleitete, wie er die Gabel bei Tisch zu halten hatte. Finas Blick traf seinen, und sofort verstand sie, was ihre Gastgeberin so an diesem Mann faszinierte. Seine Augen versprühten Lebenslust und Humor, die rotbraunen Haare, die er seinen Töchtern vererbt hatte, fielen in sanften Wellen um sein markantes Gesicht. Ein ganz besonderer Mann, das erkannte Fina sofort. Sie knickste, als er nun auf sie zukam und ihr seine Hand entgegenstreckte, die sie zögerlich ergriff.

»Willkommen in unserem Haus, Fina. Meine Frau hat mir schon kurz berichtet, was dir widerfahren ist. Aber ich bin gespannt darauf, aus deinem Mund die ganze Geschichte zu hören. Ich liebe Abenteuer!«

Fina presste die Lippen aufeinander. »Ich könnte gut darauf verzichten, Monsieur Dorhaus.«

Er lachte. »Das glaube ich dir. Aber warte nur, alles wird sich finden.«

Monsieur Toni übernahm die weitere Vorstellung und machte sie zunächst mit Billas Schwester Sophie bekannt, einer gertenschlanken Frau mit feinen Gesichtszügen und ebenmäßigem Teint, die ihr lächelnd zuzwinkerte.

Dann lernte sie den Franzosen Jean kennen, Billas Schwager, der gleich seinen Charme an ihr erprobte und ihr doch tatsächlich Komplimente über ihre Frisur machte. »*Très chic*, Mademoiselle. Das sollte neue Mode werden, finde ich.« Seine beeindruckende Erscheinung wies nur einen markanten Makel auf: Der linke Ärmel des Jacketts baumelte leer an seiner Seite.

Zunächst meinte Fina, er wollte sie verspotten, aber sein Gesichtsausdruck war ernst – ihm gefielen die kurzen Haare offenbar wirklich. Sie lächelte zaghaft.

Sophie und Jean hatten drei Söhne. Fina lernte den siebenjährigen Louis mit den verhangen blickenden, dunkelblauen Augen kennen und den fünf Jahre älteren Maurice mit dem wilden blonden Haarschopf. Die beiden nickten ihr nur knapp zu und zappelten ungeduldig, weil sie offenbar Hunger hatten. Fina runzelte die Stirn. Irgendwie kam Maurice ihr bekannt vor, aber ihr wollte nicht einfallen, wo sie ihn schon einmal getroffen haben könnte. Zumal es ohnehin unwahrscheinlich war. Vielleicht verwechselte sie ihn einfach und er war nur jemandem ähnlich.

»Fehlen nur noch meine Frau Mutter und mein Neffe Alexandre«, sagte Madame Billa schließlich und führte Fina an einen Platz gleich neben den Kindern.

Fina fühlte sich so befangen, befürchtete, etwas Ungeschicktes oder Unhöfliches zu tun. Ihre Knie waren ganz weich. Prompt stolperte sie über die Kante eines Teppichs und fing sich gerade noch, gehalten von Billa, bevor sie der Länge nach auf den Boden stürzen konnte.

»Hoppla. Alles gut gegangen?« Billa sah ihr lächelnd ins Gesicht.

Fina nickte und schluckte. Sie spürte, wie ihre Wangen vor Verlegenheit heiß wurden.

Sie war es nicht gewohnt, an einer solchen Tafel zu speisen.

Wenn sie mit ihrem Vater an dem wackeligen Küchentisch hockte, scherte es niemanden, wie sie ihre Suppe löffelte, ob sie kleckerte oder leise rülpste.

In diesem Haus aber herrschte eine andere Ordnung, auch wenn die Familienmitglieder einen so fröhlichen, unkomplizierten Eindruck erweckten.

Sie fragte sich, ob sie überhaupt einen Bissen hinunterbekommen würde, als Madame Billa ihren Teller nahm und ihn mit dampfenden Fleischscheiben und würzig duftendem Gemüse belegte.

In dem Moment ging die Glaskaraffe, um die sich Marie und Agnes die ganze Zeit leise gestritten hatten, scheppernd zu Boden. Der kleine Arnold fing an zu schreien, weil Wasser auf seine Hose spritzte. Die beiden Mädchen schimpften wie die Rohrspatzen, Madame Sophie warf die Arme in die Luft – »*Mon Dieu!*« –, Maurice stöhnte auf und Monsieur Jean klingelte lachend nach dem Dienstmädchen, das flugs heraneilte, um das Malheur mit Kehrschaufel und Besen zu beseitigen.

Billa wischte Arnolds Hose notdürftig mit einem Leinentuch trocken und grinste schief in Finas Richtung, die sich ein Lächeln nicht verkneifen konnte. Ganz so gesittet, wie sie vermutet hatte, ging es an dieser Tafel offenbar doch nicht zu.

Da öffnete sich die Tür zur Eingangshalle und eine ältere Dame mit runden Hüften und silbergrauen Haaren rauschte herein. »Entschuldigt meine Verspätung«, rief sie mit ausgebreiteten Armen. Das musste Madame Billas Mutter sein.

Die Dame eilte sofort auf sie zu, hieß sie mit einem herzlichen Lächeln willkommen und nahm sie dann kurzerhand in die Arme, um links und rechts neben ihren Wangen einen Kuss in die Luft zu hauchen.

Fina räusperte sich, bedankte sich unbeholfen –

und dann stockte ihr der Atem: Der Großmutter des Hauses folgte ein weiteres Familienmitglied.

Ein groß gewachsener junger Mann mit einem feinen Lächeln auf den hübschen Zügen. Er trug seine blaue Jacke mit den blinkenden Knöpfen zu den samtenen Kniebundhosen und den Stulpenstiefeln. Die hellblonden Haare fielen ihm lockig auf die Schultern. In seinen Wangen bildeten sich Grübchen, während er lächelnd seine Familie begrüßte, bis sein Blick an ihr hängen blieb.

Fina glaubte, ihr Herz müsse aufhören zu schlagen, während sie seinen Blick erwiderte. Sie spürte selbst, dass ihre Miene eine starre Maske war, unbeweglich und unfähig, das höfliche Lächeln zu erwidern. Das gab es doch überhaupt nicht …

Setzten hier und jetzt, an dieser Tafel, nach all der Aufregung, etwa Fieberträume ein?

Gaukelte ihr der Verstand ein Trugbild vor?

Wie um Himmels willen kam er in dieses Haus?

Und würde er eine Fremde wie sie auf dieselbe innige Art begrüßen wie seine Großmutter? In dem Fall, das wusste Fina, würde ihr Herz mit Sicherheit stehen bleiben.

Denn der junge Mann, der nun seine Schritte in ihre Richtung lenkte und ihr die Hand reichte, war niemand anderes als ihr Sternenprinz.

11

Finas Glieder fühlten sich an wie gelähmt und ihr Herz klopfte zum Zerspringen. Mit einer Hand stützte sie sich auf der Tischplatte ab, aus Angst, einfach wegzusacken. Sie sah, dass ihre Fingerspitzen zitterten, und knickste mit gesenktem Kopf – nicht nur, weil es sich so gehörte, sondern auch, damit er in ihren Augen ihre Gefühle nicht erkennen konnte.

Seine Stimme war tiefer, als man es bei einem so jungen Mann erwarten würde. Diese Stimme verursachte bei ihr ein Kribbeln, den ganzen Rücken hinab, als er sie mit herzlichen Worten begrüßte.

Finas Dank klang wie das verunglückte Krächzen eines kleinen Vogels. Sie räusperte sich verlegen.

»Fina, das ist Alexandre, der älteste Sohn meiner Schwester Sophie. Und jetzt kennst du die ganze Familie«, fügte Madame Billa mit einem munteren Lachen hinzu. »Eine bunt gemischte Schar, nicht wahr?«

Fina nickte. »Ich bin so froh und erleichtert, dass Sie mich so freundlich aufnehmen. Ich weiß nicht, was sonst aus mir geworden wäre.« Zum Glück hatte sie wenigstens ihre Stimme wiedergefunden, aber ihr innerer Aufruhr legte sich nicht im Geringsten.

Dieses fremde Haus, die feinen Gepflogenheiten, verbunden mit einer solchen Warmherzigkeit ... und dann, als Höhepunkt, das so überraschende Auftauchen ihres Sternenprinzen!

Finas Gedanken wirbelten in ihrem Kopf durcheinander, und fast war ihr, als müsse sie ein weiteres Mal in Ohnmacht fallen, weil sie sich einer solchen Situation nicht gewachsen fühlte. Sie saß vor ihrem gefüllten Teller, hielt die Hände im Schoß gefaltet, den Blick gesenkt.

Da spürte sie, wie Madame Billa zart ihren Arm berührte. »Nun iss erst einmal, Fina«, flüsterte sie ihr zu. »Ich kann mir vorstellen, dass dies alles ein bisschen viel auf einmal für dich ist.«

Fina lächelte zaghaft und war ein weiteres Mal dankbar, dass Billa nun die allgemeine Aufmerksamkeit von ihr weglenkte und ein unverfängliches Gespräch im Familienkreis begann, nachdem Toni Dorhaus das Tischgebet gesprochen hatte.

Alle langten kräftig zu und plauderten heiter

durcheinander. Jean sprach meist französisch, die anderen verstanden ihn offenbar, antworteten aber auf Deutsch.

Wie unglaublich war das! Hätte ihr eine Wahrsagerin prophezeit, dass sie in wenigen Tagen im Kreise der Familie ihres Sternenprinzen sitzen würde – sie hätte schallend gelacht und sich geweigert, die Alte für diese Lüge zu bezahlen! Und doch war es genau so gekommen. Es fühlte sich an, als wäre sie blindlings ins Paradies gestolpert, und das wenige, das sich an vernünftigen Gedanken in ihrem Kopf bildete, verdrängte Fina in dieser Stunde lieber. Einfach nur den Zauber genießen, den Augenblick auskosten, Kraft schöpfen …

Wie magisch angezogen ging Finas Blick immer wieder zu Alexandre, der ihr schräg gegenüber saß, während sie sich gleichzeitig auf das pausenlose Quasseln der Kinder zu konzentrieren versuchte, die sie mit Fragen löcherten. Fasziniert beobachtete sie, wie sich zwischen Alexandres Brauen eine Falte bildete, während er sich mit seinem Vater unterhielt. Fina hörte nicht auf die Worte, schaute ihn nur an, dieses Gesicht, von dem sie so lange schon träumte und das ihr in manch schwerer Stunde ein Trost gewesen war. *Wenn er wüsste, wie gut ich ihn kenne*, dachte sie.

Immer wieder wandte auch Alexandre den Kopf in ihre Richtung und lächelte. Nur einen Wimpernschlag lang hielten sich ihre Blicke fest. Fina fühlte sich, als würde er sie versengen mit seinen Augen.

Sie schaffte es kaum, die Köstlichkeiten auf ihrem Teller zu genießen. Aber natürlich musste sie etwas essen, musste mal nach hierhin, mal nach dorthin lächeln, hier der alten Madame Togler eine Antwort geben und Monsieur Jean die Sauciere reichen, da den Brotkorb entgegennehmen, der herumgereicht wurde.

Aber bei all diesen kleinen Wortwechseln und Gesten war es, als würde eine andere sie ausführen. All ihr Denken und Fühlen kreiste nur um *ihn*. Um ihren Sternenprinzen, der zum Greifen nah war und nun endlich einen Namen hatte. Den wundervollsten Namen der Welt. Alexandre. Sie brauchte nur die Hand auszustrecken, um ihn zu berühren …

Da schaute er wieder zu ihr! Sie wagte ein kleines Lächeln – und zuckte im nächsten Augenblick zusammen.

»Wirst du dich in dieser Woche endlich zur Musterung melden, Alexandre?« Jeans scharfer Tonfall durchfuhr hart die heiteren Tischgespräche und Finas verliebtes Gedankenspiel.

Alle Unterhaltungen am Tisch verstummten augenblicklich, die Kinder zogen die Köpfe zwischen die Schultern. Madame Billa räusperte sich mit einem Seitenblick zu ihrer Schwester, Monsieur Toni tupfte sich mit der Serviette den Mund ab, als sei ihm der Appetit vergangen. Offenbar hatte der Franzose ein heikles Thema zur Sprache gebracht.

Alexandre führte die Gabel zum Mund und kaute in aller Ruhe. Aber Fina bemerkte, dass sich auf seinen Wangen zwei rosa Flecken gebildet hatten. Als er die Gabel auf den Tellerrand legte, klirrte es, so als bebe seine Hand. Die Frage seines Vaters ließ ihn nicht so unberührt, wie er alle glauben machen wollte.

»Vater, ich bitte dich. Wir haben schon so häufig darüber disputiert. Ich will die Schule nicht verlassen, nur um auf einem kaiserlichen Schlachtfeld zu fallen und im Sarg nach Hause getragen zu werden.«

»Ein Feigling bist du, das ist alles!«, zischte sein Vater zwischen zusammengebissenen Zähnen, während er wütend und umständlich mit der verbliebenen Hand seine Fleischscheibe in Stücke hieb. »Alle jungen Männer werden eingezogen und was tut meiner? Macht sich ein schönes Leben und liest Gedichte. Ein Wunder, dass sie dich noch nicht in Ketten zur Armee geführt haben.«

»Du meinst, wie all die anderen, die genau wie ich und du wissen, dass der Krieg längst verloren ist? Dass es keinen Sinn mehr hat, für einen Kaiser zu kämpfen, der vor Machtgier den Verstand verloren hat? Der nun auch noch die Mannen rekrutiert, die gegen Russland ziehen sollen? Ja, haben die denn alle den Verstand verloren?«

Jean erhob sich abrupt. Mit der Hand hielt er sich an der Tischkante fest, der Jackenärmel auf seiner linken Seite schwang hin und her. Zornig starrte er seinen Sohn an.

Sophie erhob sich ebenfalls, legte eine Hand auf Jeans Schulter. »*Mon chéri*, bitte«, flüsterte sie. »Bitte setz dich wieder. Bitte, um des lieben Friedens willen, ich flehe dich an …«

Aber es waren nicht die Worte seiner Frau, die den Franzosen zum Einlenken brachten. Sein zweiter Sohn, Maurice, rief: »Wenn ich nur dürfte, würde ich gleich morgen in die nächste Schlacht ziehen! Und vorneweg nach Russland! Papa, vielleicht machen sie eine Ausnahme und nehmen mich jetzt schon auf? Ich bin groß, ich bin stark und ich bin mutig! Viel mutiger als Alexandre! Und ich kann kämpfen wie ein Mann!«

Alexandre stieß ein kleines Lachen aus. »Du wirst schon noch lernen, wohin dich deine Heißblütigkeit bringt, Maurice. Mit Feigheit hat es jedenfalls nichts zu tun, wenn man erkennt, wann eine Schlacht verloren ist oder von vornherein zum Scheitern verurteilt, wie Napoleons Feldzug gegen die Russen.«

»Mein lieber Maurice«, sagte Jean und nahm

Platz, um sich wieder seinem Fleisch zu widmen. »Ich weiß, dass auf dich Verlass ist.« In seinem Blick lag große Wärme, als er zu seinem Zweitgeborenen blickte. »Du wirst ein tapferer Soldat werden, sobald die Zeit gekommen ist. Du wirst für unseren Kaiser Napoleon kämpfen und die Ehre der Familie hochhalten, so wie ich es all die Jahre getan habe.« Bei den letzten Worten brach seine Stimme. Jean senkte den Blick und Fina ahnte, dass seine plötzliche Trauer mit dem leer baumelnden Jackenärmel zusammenhing.

»Ich auch, ich auch!«, rief Louis, der Jüngste, mit vollem Mund.

Maurice gab ihm großspurig einen leichten Klaps auf den Hinterkopf. »Wie soll das gehen, kleiner Hinkefuß?« Er lachte gehässig.

»Zügle dein freches Mundwerk, Maurice!«, fuhr ihn da sein Onkel Toni an. »An diesem Tisch wird keiner lächerlich gemacht. Haben wir uns verstanden?«

Maurice erschrak. »Ja, Onkel Toni.«

»Entschuldige dich bei deinem Bruder – aber sofort!«

Maurice schluckte. »Verzeih mir, Louis.«

Louis schluchzte lautlos, nickte aber tapfer.

Fina warf einen fragenden Blick zu Madame Billa, und als das Tischgespräch nun wieder in unverfängliche Bahnen geriet, flüsterte Billa ihr zu:

»Der kleine Louis hat ein zu kurzes Bein. Von Geburt an. Darum hinkt er.«

»Oh, wie traurig …«

»Ja, und besonders deswegen, weil Louis genau wie sein Bruder Maurice am allerliebsten Soldat werden möchte. Zwei kleine starrköpfige Helden …«, fügte sie mit einem bitteren Unterton hinzu. »Als wäre das Beispiel ihres Vaters, der in der Schlacht von Jena seinen linken Arm verloren hat, nicht abschreckend genug. Die beiden vergöttern Jean, musst du wissen, und alles, was er für Napoleon geleistet hat. Alexandre dagegen ist von anderem Schlag, wie du sicher schon bemerkt hast. Aber ich fürchte, er wird noch einige Kämpfe mit seinem Vater auszufechten haben, bevor dieser verdammte Krieg endlich vorbei ist. Ich bin so froh, dass er sich nicht zur Armee meldet. Und wir können von Glück sagen, dass er bislang nicht rekrutiert wurde. Er wäre völlig verloren auf dem Schlachtfeld.«

»… sollten wir doch nun gemeinsam überlegen, was aus Fina wird«, vernahmen sie da die Stimme der alten Frau Togler.

Fina zuckte zusammen und Madame Billa richtete sich gerade auf.

Alle Blicke wandten sich nun Fina zu. Sie bemerkte, dass Maurice, der zuvor mit Louis geflüstert hatte, sie mit gerunzelter Stirn fixierte. Es irritierte sie, inmitten all dieser Gastfreundschaft – schlug ihr von seiner Seite etwa Ablehnung entgegen? Warum? Was hatte sie ihm getan?

»Ist dein Papa wirklich Schmuggler?«, erklang da die dünne Stimme des kleinen Louis in die plötzliche Stille hinein.

»Pst, Louis«, versuchte ihn seine Mutter Sophie zum Schweigen zu bringen.

»Was sind Schmuggler?«, wollte da der vierjährige Arnold wissen.

»Schmuggler sind Kriminelle, die gegen unseren Kaiser Napoleon arbeiten und sich einen Dreck um die Gesetze scheren«, klärte ihn Maurice auf und warf Fina erneut einen düsteren Blick zu.

Fina sog die Luft ein und biss sich auf die Unterlippe. Ihr lag eine heftige Erwiderung auf der Zunge – obwohl es ihr selbstverständlich fern lag, eine Lanze für Schmuggler zu brechen. Andererseits mochte sie sich von diesem Bengel nicht einfach so anpfeifen lassen. Doch es wäre gegen jede gute Sitte, gleich am ersten Abend einen Streit vom Zaun zu brechen. Sie entschloss sich zu einem Lächeln. »Sicher sind dir schon viele Schmuggler begegnet, Maurice«, sagte sie mit leisem Spott.

Maurice sprang auf. »Ich brauch mit keinem von denen zu reden, um zu wissen, dass sie die Ehre unseres Kaisers mit Füßen treten! Geköpft werden sollten die alle!«

Monsieur Toni schlug mit der flachen Hand auf den Tisch, dass das Geschirr klapperte. »Genug jetzt, Maurice! Setz dich hin und schweig!«

Das tat Maurice tatsächlich, nicht ohne vorher noch einen Beifall heischenden Blick zu seinem Vater zu werfen. Doch Jean hielt die Augen gesenkt und schürzte die Lippen. »Schmuggler sind oftmals Leute, die keinen anderen Weg wissen, ihre Not zu beenden, in die sie überhaupt nur wegen der Gesetze des Kaisers geraten sind«, fügte Alexandre leise an.

Da erhob Toni Dorhaus die Stimme. »Wie auch immer man das bewerten mag«, begann er diplomatisch, »Tatsache ist, dass Finas Vater aller Wahrscheinlichkeit nach ins Zuchthaus gebracht wurde und sie nun ganz allein dasteht. Ich halte es für unsere Christenpflicht, ihr zu helfen, und bin dir, meine liebe Billa, von Herzen dankbar, dass du sie zu uns gebracht hast. Mein Vorschlag ist, dass wir Fina hier, in unserem Haus, ein Zimmer zur Verfügung stellen, bis ihr Vater wieder auf freiem Fuß ist und für sie sorgen kann. Als Gegenleistung könntest du, Fina, meiner verehrten Frau Schwiegermutter bei der Kinderbetreuung zur Hand gehen. Arnold, Louis, Marie und Agnes springen am liebsten in der Nähstube herum und halten unsere Frauen von der Arbeit ab. Auf sie aufzupassen ist schwieriger, als einen Sack Flöhe zu hüten. Da kann ein Kindermädchen nur von Nutzen sein. Wie würde dir das gefallen?«

»Das … das wäre schön«, brachte Fina hervor und lächelte Madame Billas Mann schüchtern an, bevor sie zu den Kleinen blickte, die sie nun neugierig musterten.

»Und was halten die anderen von meinem Vorschlag?« Monsieur Toni blickte in die Runde.

Fina sah, dass Madame Billa ihm über den Tisch hinweg mit gespitzten Lippen und einem Lächeln einen kleinen Kuss schickte, die anderen murmelten zustimmend. Nur Maurice maulte vor sich hin, aber er wurde von seinen Verwandten übertönt.

Als Fina zu Alexandre schaute, verflog ihre Besorgnis über Maurices ablehnendes Verhalten sofort. Er lächelte sie an und hielt ihren Blick fest. Sie spürte ihren Herzschlag schneller werden und konnte ihr Glück kaum fassen. Eine so wundervolle Aufgabe lag vor ihr … und dann auch noch in der Nähe ihres Sternenprinzen! Wie himmlisch!

Täglich würde sie ihn sehen, sich von seinem Lächeln verzaubern lassen. Vielleicht ergab sich die Möglichkeit, auch einmal mit ihm allein zu sein, bei einer Tasse Tee am Kamin, bei einem romantischen Spaziergang … Nur er und sie, als wären sie ein Paar …

Sie seufzte dezent. Wieder einmal geriet sie ins Träumen. Wie schwer würde es ihr fallen, sich ihre

Gefühle nicht anmerken zu lassen. Ein gutes Stück ihrer Kraft würde sie darauf verwenden müssen, zu verbergen, wie sehr sie ihn anbetete – wenn sie sich nicht lächerlich machen wollte.

Die gesellschaftliche Kluft zwischen ihnen war dadurch, dass sie künftig als Bedienstete in diesem Haus arbeiten durfte, um keinen Deut geringer geworden. Sobald sie ihren Verstand gebrauchte, erschien ihr eine Liebe aussichtslos. Aber ihre tiefen Gefühle und das Träumen, das konnte ihr niemand nehmen.

Ihre Träume waren alles, was sie besaß.

12

Die nächsten Wochen erlebte Fina wie auf Wolken. Schnell gewöhnte sie sich an den Rhythmus der Großfamilie, die sich zu allen drei Mahlzeiten in dem Esszimmer traf. Sie genoss das bunte Treiben, die lebhaften Gespräche, vor allem aber die Atmosphäre, die trotz der unterschiedlichen Meinungen zur großen Politik von Herzlichkeit geprägt war.

Maurice versuchte sie nach Möglichkeit aus dem Weg zu gehen. Bei Tisch unternahm er keinen weiteren Versuch, sie zu provozieren, aber wenn er ihr allein begegnete, funkelte er sie böse an und zischelte ihr kleine Sticheleien zu. »Was hat denn dein Vater für dich so alles geschmuggelt?« – »Wo habt ihr eigentlich das ganze schmutzige Geld versteckt?«

Fina tat so, als überhöre sie seine bissigen Worte – zu groß war ihre Befürchtung, in diesem freundlichen Haus unverschuldet in die Rolle der

Unruhestifterin zu fallen, in die Maurice sie offenbar drängen wollte. Die Ruhe zu bewahren und zu lächeln, statt sich auf Zank und Streit einzulassen, hielt sie für die klügste Wahl.

Und sie genoss jede Minute, die sie in Alexandres Nähe verbringen durfte.

Morgens, gleich nach dem Frühstück, brachten seine Mutter oder sein Vater ihn und Maurice in die Schule. Fina erinnerte sich mit einem Ziehen im Herzen daran, wie viele Stunden sie dort in ihrem Versteck unter dem Schulfenster verbracht und darauf gelauert hatte, ihn endlich zu Gesicht zu bekommen. Nun sah sie ihn täglich, und falls sie gehofft hatte, ihre in unendlich vielen Träumen entwickelten Gefühle für ihn würden sich in der Wirklichkeit abkühlen, so hatte sie sich gründlich getäuscht. Ihr Pulsschlag rauschte, sobald er in ihre Nähe kam, ihre Hände wurden feucht, wenn er sie nur begrüßen wollte, in ihrem Bauch prickelte es süß, wenn sich ihre Blicke trafen.

Die Kinder hielten sie allerdings vom ersten Hahnenschrei bis zum frühen Abend auf Trab.

Sobald die Frauen in der Nähstube verschwunden waren, Toni Dorhaus die Eingangstür der Modeboutique geöffnet hatte, um die erste Kundschaft einzulassen, und Jean Leblanc ausgeritten war, um seine auswärtigen Geschäfte zu erledigen, packte Fina die vier Kleinen in Mäntel, Schals und

Mützen und zog mit ihnen aus, damit sie bis zum Mittagessen an der frischen Luft tollen konnten.

Nach dem Essen legte sie die Zwillinge und Arnold zu einem Schläfchen hin, während sich Louis weigerte, am helllichten Tag ins Bett zu kriechen, und sich lieber auf ihrem Arm einkuschelte, um einer Geschichte zu lauschen, die sie sich selbst ausdachte.

Sie erzählte ihm von Piraten und Kriegern, die wagemutige Abenteuer erlebten und als Helden heimkehrten. Der Junge hing an ihren Lippen.

Einmal sagte er: »Heute will ich so gern eine Geschichte von einem gefährlichen Schmuggler hören! Erzählst du mir eine, Fina?«

Fina schluckte und wiegte den Jungen im Arm.

Im Alltag schaffte sie es, die Gedanken an ihren Vater und wie es ihm wohl gerade erging, zu verdrängen. Zu sehr lenkten die Kinder und all ihre großen und kleinen Sorgen und Wünsche sie von ihrem eigenen Kummer ab. Aber in diesem Moment traf es sie mit aller Wucht: die Angst davor, wie es mit ihr weitergehen sollte. Sie lebte hier wie ein Geist, ohne Namen, ohne Vergangenheit. Wann würde die Wirklichkeit sie einholen?

Monsieur Toni hatte gleich in den ersten Tagen seine Geschäftskontakte spielen lassen und, ohne Aufsehen zu erregen, herausgefunden, dass man ihren Vater in den Kerker geworfen hatte.

Wenigstens lebte er noch! Aber wie? Wann wurde ihm der Prozess gemacht? Welche Strafe drohte ihm?

Wie gern hätte sie ihn besucht, durch die Gitterstäbe seine Hände gehalten, aber das ging natürlich nicht. Wahrscheinlich würden die Soldaten sie gleich dabehalten und bei Wasser und Brot wegsperren.

Louis zappelte ungeduldig auf ihrem Schoß.

Fina kehrte aus ihren Gedanken zu ihm zurück und wuschelte ihm durch die Haare. Mit seinen abenteuerlichen Vorstellungen vom Schmugglerleben hatte die Wirklichkeit jedenfalls überhaupt nichts zu tun. In diesem Elend gab es keinen Platz für Helden. »Ich weiß etwas Besseres«, sagte sie betont munter. »Wusstest du, dass in früheren Zeiten edle Ritter gegen Drachen gekämpft haben?«

Louis entbrannte sofort in kindlicher Begeisterung. »Drachen? Was sind Drachen?«

So verbrachten sie die nächste halbe Stunde mit den wahnwitzigen Abenteuern mutiger Drachentöter. Am Ende beschloss Louis, dass er doch nicht für Napoleon auf dem Schlachtfeld gegen andere Männer kämpfen würde, sondern lieber Drachentöter werden wollte.

Gerade als Fina herzhaft über Louis' neue Idee lachte bei dem Gedanken daran, was Jean wohl zu diesen Plänen sagte, wurde die Tür zum Salon geöffnet – und ihr Lachen verstummte abrupt.

»Darf ich dir Gesellschaft leisten?«, fragte Alexandre.

Fina stellte Louis auf seine Beine, der umgehend protestierte und sich an ihren Rockzipfel klammerte. Sie ordnete flink ihr Mieder und ihre Bluse und knickste dann.

Ob er ihr Gesellschaft leisten durfte? Er fragte sie, als wäre sie von gleichem Stand! Selbstverständlich durfte er in diesem Haus kommen und gehen, wann und wohin es ihm beliebte! »Ich … Es … wäre mir eine Ehre.«

Alexandre grinste, seine Augen blitzten. Er schloss die Tür hinter sich, zog sich einen Stuhl nahe an Finas Sessel heran und klopfte dann auf seine Beine.

Fina spürte, dass ihre Fingerspitzen zu zittern begannen, als er so dicht an sie heranrückte. Sie spürte seine Wärme, nahm schwach seinen herbwürzigen Herrenduft wahr und schloss für einen Moment die Augen, während sie tief einatmete. Sie beugte sich leicht über die Lehne ihres eigenen Sessels, um ihm noch ein Stück näher zu sein. Was gäbe sie darum, ihn jetzt berühren zu dürfen, sacht über seine Hand zu streicheln, sein Bein an ihrem Bein zu spüren …

Louis sprang zu ihm und kletterte auf seinen

Schoß. »Ich werde Drachentöter, Alexandre. Ist das nicht wunderbar?«

Alexandre wechselte einen schnellen Blick mit Fina, deren Wangen vom Träumen gerötet waren. Sie senkte die Lider, damit er nicht in ihren Augen ihre Gefühle lesen konnte. »Das ist eine ganz reizende Idee, Louis! Woher weißt du von Drachen? Hat Fina dir davon erzählt?«

Louis nickte. »Ja, sie können fliegen und spucken Feuer und manche können auch zaubern. Und ein Ritter muss schon sehr mutig sein, um sich mit so einem Ungeheuer anzulegen.«

Alexandre blickte Fina an. »Haben dir deine Eltern solche Geschichten erzählt?«

Fina schüttelte den Kopf. »Nein, meine Mutter ist bei der Geburt meines Bruders gestorben. Und mein Vater ... nein, der hatte keine Zeit für Geschichten.«

»Dann kannst du also lesen und hast die Geschichten aus Büchern?« Alexandre zog die Augenbrauen hoch.

Fina schluckte. »Nun ...« Wie sollte sie ihm bloß die Wahrheit verschweigen, ohne zu lügen? Sie konnte ihm ja schlecht erzählen, wie viele Stunden sie vor dem Schulfenster gehockt und wie sehr sie es genossen hatte, wenn die Lehrer nicht nur über Buchstaben und Zahlen sprachen, sondern alte Mythen und Legenden erzählten. Atemlos hatte sie gelauscht und sich so manches Mal allein dort in ihrem Versteck angenehm gegruselt.

»Ich ... ich war nie auf einer Schule, aber so manches bekommt man ja mit. Durch die Nachbarn, die Bekannten in der Straße ... Wenn man da Augen und Ohren offen hält ... Ein Buch habe ich allerdings noch nie gelesen.«

»Würdest du denn gerne Bücher lesen?«, fragte er leise.

Fina nickte. »Oh ja, nichts lieber als das! Aber ... meinem Vater war das Schulgeld für mich immer zu schade. Wir hatten ja keinen Franc zu viel. Ich weiß nicht, ob das bisschen, was ich kann, reicht ...«

Louis hatte sich inzwischen von Alexandres Schoß hinabgleiten lassen und lief seinen Cousinen und seinem Cousin entgegen, die mit wirren Haaren und müden Augen aus den Betten gestiegen waren. Fina breitete die Arme aus, damit sich die Kinder um sie scharen konnten.

Alexandre beobachtete sie mit einem seltsamen Ausdruck in den Augen. »So wie dich habe ich mir immer Werthers Lotte vorgestellt ...«

»Wen?« Fina lächelte ihn verwirrt an.

»Du musst sie kennenlernen. Sie ist die Angebetete des jungen Werther. Das ist ein Roman von Johann Wolfgang von Goethe. Hast du den Namen schon einmal gehört?« Er beugte sich vor und sie spürte seinen warmen Atem an ihrer Wange. Wie viel weicher seine Züge nun wirkten, ganz anders als bei dem Disput mit seinem Vater.

»Ich … also, ehrlich gesagt, nein … Den Namen habe ich noch nicht gehört. Aber ich würde gerne mehr über Lotte erfahren! Und auch über diesen … Werther? Und alles, was dieser Herr Goethe sonst noch geschrieben hat!« Sie streichelte Marie eine Haarlocke aus der Stirn und schickte sie dann zu den anderen Kindern, die sich inzwischen auf dem Boden im Kreis zusammengehockt hatten und sich einen Stoffball zurollten.

»Wenn du magst, Fina …« Alexandre räusperte sich. »Wenn du magst, lese ich dir die Romane und Novellen von meinem liebsten Dichter vor. Und auch die Gedichte, die ich nicht weniger bewundere. Glaub mir, Fina, sie bringen dein Herz zum Fliegen, wenn du nur genau zuhörst und dich berühren lässt.«

»Oh, wie herrlich das klingt!«, rief sie.

»Ich will später Lehrer werden …«, er runzelte die Stirn, »sofern mein Vater mich lässt«, fügte er missmutig hinzu, um dann wieder mit Begeisterung fortzufahren: »Für mich wäre es eine besondere Schulung, wenn wir gemeinsam Bücher lesen, genau wie für dich. Was hältst du davon?«

Was sie davon hielt? Sie glaubte, dass sie jeden Moment erwachen und auf den harten Boden plumpsen würde. Bücher zu lesen, flüssig schreiben zu können, ihr größter Wunsch! Und dann noch in Gesellschaft ihres Sternenprinzen, des liebenswertesten jungen Mannes, der ihr je begegnet war.

Konnte es einen schöneren Ausblick in die Zukunft geben?

Noch am selben Abend setzten sie ihr Vorhaben in die Tat um.

Gleich nach dem Essen, als Fina die Kinder zu Bett gebracht hatte, zogen sie sich in die Bibliothek des Hauses zurück.

Es roch nach Leder und altem Holz, die Tischlampe auf dem Sekretär spendete ein behaglich flackerndes Licht, während die beiden dicht beieinander über Goethes Werther hockten, einen Stapel Bücher links neben sich – alles Werke, die Alexandre ihr in den nächsten Tagen näherbringen wollte.

Er hatte sie gefragt, mit welchem Roman sie anfangen sollten, oder ob sie vielleicht zunächst ein Gedicht kennenlernen mochte, aber Fina hatte sich, ohne zu zögern, für diese Lotte entschieden, an die sie Alexandre erinnerte. Sie brannte darauf, mehr über sie zu erfahren. Was war das Besondere an dieser Frau? Warum verglich Alexandre sie mit ihr? Und wenn diese Lotte ihm gefiel … konnte sie da hoffen, dass auch sie ihm nicht ganz gleichgültig war? Dass sie tatsächlich Gefühle in ihm geweckt hatte? Oh, welch traumhafte Vorstellung!

Da sie ja bereits mit dem Lesenlernen begonnen hatte – wenn sie auch glaubte, das meiste wieder vergessen zu haben, seit sie zum letzten Mal in ihrem Versteck gehockt hatte –, entschied Alexandre, dass es ihr die beste Übung brachte, wenn sie mit ihm gemeinsam las.

Während das Büchlein aufgeschlagen vor ihnen lag, beugte sich Fina dicht darüber und fuhr mit dem Zeigefinger die Zeilen nach, die Alexandre langsam und mit exzellenter Betonung wie ein Jungschauspieler am Theater vortrug.

Finas Lippen bewegten sich mit, während sie die aneinandergereihten Wörter und Sätze verfolgte. Manches Mal mussten sie einen Abschnitt wiederholen, da sie zwar die einzelnen Wörter verstanden hatte, aber die Sätze für sie noch keinen Sinn ergaben.

Und dann ging ein Lächeln über ihre Züge, wenn sie erfasste, mit wie viel romantischer Liebe der junge Werther in diesen Briefen von seiner Lotte sprach.

Als sie den Abschnitt lasen, in dem Werther Lotte zum ersten Mal begegnet, wie sie ihre Geschwister um sich schart und ihnen Brot schneidet, hoben sie gleichzeitig den Kopf und grinsten sich an. An genau diese Stelle hatte sich Alexandre also erinnert, als er Fina mit den Kindern gesehen hatte.

Sobald Fina während des Lesens zu ahnen begann, dass der Roman kein gutes Ende nehmen würde, wurde ihr das Herz schwer. »Warum nur bleibt sie bei diesem blöden Albert?«, fuhr sie einmal auf, und Alexandre lachte.

»Das frage ich mich auch. Werther und Lotte sind schließlich … Seelenverwandte«, sagte er leise und sah Fina dabei so tief in die Augen, dass ihr ganz schwindelig wurde. Ihre Gesichter waren sich so nah, ihre Herzen schienen im gleichen Takt zu schlagen, und sie merkten gar nicht, wie die Zeit verging, bis die Standuhr zwölf Mal schlug und Mitternacht anzeigte.

»Mir ist, als würde ich dich schon viel länger kennen«, flüsterte Alexandre irgendwann.

Fina erschrak. Erinnerte er sich an den Moment, da er sie an der Schulmauer dabei ertappt hatte, wie sie ihn beobachtete? Oder hatte er damals doch gesehen, wie sie ihm gefolgt war?

»Nicht mit meinem Verstand und meinem Erinnerungsvermögen, sondern mit meinem Herzen«, fügte er hinzu und Fina gestattete sich ein erleichtertes Seufzen, das er als wortlose Zustimmung nehmen konnte, bevor sie sich beglückt wieder dem Text zuwandte.

So machten es sich Fina und Alexandre in den nächsten Tagen zur lieben Gewohnheit, sich abends in der Bibliothek zu treffen, sobald die Kinder zu Bett waren und die Erwachsenen im Kaminzimmer zusammensaßen, um das Tagesgeschäft zu besprechen.

Schon am Morgen fieberte Fina diesem Augenblick entgegen. Dann würde sie Alexandre ganz für sich allein haben, konnte sich an seinem Lächeln, seinem Duft, seiner Stimme berauschen wie an einem süßen Wein, der ihre Sinne benebelte.

Aber ebenso wie die Nähe zu ihrem Sternenprinzen genoss sie das Wissen, das er ihr mit so leichter Hand vermittelte. Er würde einmal ein guter Lehrer werden, fand sie – oder lag es tatsächlich auch an ihrer Wissbegierigkeit und Auffassungsgabe, die Alexandre ein ums andere Mal aufs Äußerste erstaunt lobte?

Bereits nach wenigen Stunden vermochte Fina die Zeilen mit einem leisen Murmeln mitzulesen. Und die Gedichte, die sie gewohnheitsgemäß zum Abschluss des Unterrichts lasen, blieben in ihrem Gedächtnis hängen, sodass sie sie fehlerfrei zu Beginn der nächsten Stunde rezitieren konnte.

Sie schwelgte in den kunstvollen Versen, nicht nur von Goethe, sondern auch von Friedrich Schiller, von Hölderlin, Tieck und Brentano, und manches lyrische Meisterwerk berührte so inniglich ihr Herz, dass es sie zum Weinen brachte und Alexandre mit einem Spitzentüchlein die Tränen auf ihren Wangen einfing.

Das waren Momente für die Ewigkeit, in denen die Zeit stillzustehen schien, wenn ihre Blicke ineinander versanken und ihre Gesichter sich so nah waren, dass sie den Atem des anderen auf den Lippen spürten.

Manches Mal glaubte Fina, dass er sie berühren, mit der Hand über ihre Wange streicheln wollte, und sie verharrte mit klopfendem Herzen, wartete, dass es geschah.

Vielleicht wollte er sogar seinen Mund auf ihren senken, um sie zart zu küssen …

Vielleicht, vielleicht, vielleicht …

Sie spürte sehr deutlich, dass seine Gefühle in diesen wunderbaren Lesestunden mit ihr zum Leben erweckt worden waren, aber genau wie sie schien er nicht zu wissen, wohin es führen sollte.

Manches Mal wollte Fina, wenn ihre tiefe Zuneigung sie zu überwältigen drohte, ihm zuflüstern: »Komm, lass uns alles vergessen, was zwischen uns steht, und einfach nur das genießen, was uns verbindet. Mit allen Sinnen und aller Liebe …«

Aber dann war der magische Moment vorbei und sie wandten sich wieder ihrer Lektüre zu, Schulter an Schulter, Bein an Bein, und ihre Herzen schlugen im Gleichklang.

An einem Abend, als sie nach einem kurzen Abschnitt aus dem Werther-Roman ins hitzige Reden und leidenschaftliche Philosophieren darüber gerieten, welchen anderen Weg als Selbstmord es für den armen Liebenden gegeben haben könnte, schlug Alexandre vor, einen Abendspaziergang zu unternehmen.

Tagsüber war es für die Jahreszeit ungewöhnlich warm gewesen. In der Luft lag noch ein Hauch des vergangenen goldenen Oktobers, die Vögel zwitscherten in den Bäumen, und die Luft verströmte einen Duft nach feuchten Blättern und warmer Erde.

»Lass uns ein Stück in die Stadt hineingehen«, sagte er. Fina sprang sofort auf, holte ihren Umhang und streifte sich die kurzen Stiefel über, die Madame Billa für sie besorgt hatte.

Fina fühlte sich so wohl in Alexandres Gesellschaft wie noch nie zuvor in der Nähe eines Menschen. Sie spürte eine Verbundenheit, von der sie nicht geahnt hatte, dass so etwas existierte. Gleichzeitig genoss sie die Gewissheit, dass es ihm ganz ähnlich ergehen musste. Er suchte ihre Nähe genau wie sie seine und sie spürte nach all den magischen Momenten, dass es ihn nicht weniger beglückte als sie.

Doch welche Schlüsse sie daraus ziehen sollte … Fina wusste es nicht.

Sie wollte auch gar nicht darüber nachdenken, wollte sich nicht ausmalen, wie sein Vater, seine Mutter darauf reagieren würden, wenn sie herausfanden, was sich hier zwischen ihnen beiden entwickelte. Niemals würden sie zulassen, dass aus dieser innigen Freundschaft mehr wurde als das, was sie hier so sorglos miteinander teilten. Sie verdrängte alle Gedanken daran, was aus diesem zarten Band werden sollte, wenn ihr Vater erst wieder aus dem Zuchthaus entlassen wurde und sie heimkehren musste. Heim in das kalte Haus in der Spielmannsgasse, heim in das Elend. Allein der Gedanke daran verursachte ihr Übelkeit.

Aber wie lange durfte sie die Gastfreundschaft dieser lieben Menschen hier noch in Anspruch nehmen?

Alexandre schritt zügig aus, als sie auf die Straße traten, und begann gleich wieder, eine neue Sicht auf Goethes Roman darzulegen, während Fina neben ihm Schritt hielt und seinen Worten lauschte.

Manches Mal teilte sie seine Meinung, dann wiederum setzte sie ihm in kluger Widerrede etwas entgegen. Himmel, wann bloß hatte sie gelernt, ihre eigenen Ansichten in Worte zu fassen? Hatte es tatsächlich nur Menschen gebraucht, die sie ernst nahmen und ihr nicht bei jeder Gelegenheit über den Mund fuhren? Oder lag es einfach daran, dass sie den zauberhaftesten Lehrer hatte, den sie sich nur wünschen konnte?

Es erfüllte sie mit unbändigem Stolz, wenn Alexandre ihr mit konzentrierter Miene zuhörte und zustimmte oder ihre Gedanken aufgriff und fortsponn. Und plötzlich wurde ihr bewusst, dass auch sie nicht mehr verhuscht und verdruckst einherschritt, sondern dass sich ihr Gang neben ihrem Sternenprinzen durchaus königlich anfühlte. Ihr Kreuz war durchgedrückt, ihre Füße schritten fest. Sie hob den Kopf, straffte die Schultern und lächelte Alexandre neben sich an.

Nur noch wenige Passanten und Kutschen waren zu dieser Stunde unterwegs. In den Straßen wurden bereits die Laternen entzündet.

Fina wusste, dass es noch gar nicht so lange selbstverständlich war, dass des Nachts die Stadt erleuchtet wurde. Ein Verdienst der Franzosen, die dafür gesorgt hatten, dass Köln bei Sonnenuntergang nicht in Schwärze versank. Genau wie sie durchgesetzt hatten, dass alle Häuser nummeriert wurden, sodass sich jetzt auch Fremde ohne Mühe in der Stadt zurechtfanden.

Was die Franzosen nicht erreicht hatten, war der Weiterbau der großen Kirche. Wie seit vielen, vielen Jahren bildete die Baustelle am Dom den Mittelpunkt der Stadt. Der weit über die Dächer hinausragende Kran galt als Wahrzeichen Kölns. Die

Mauern der unfertigen Kathedrale nutzten die Bettler als Unterschlupf und die Franzosen stellten ihre Pferde dort ab.

»Na, so was. Ist sie jetzt etwa auch dein Kindermädchen?«

Alexandre und Fina blieben abrupt stehen, als ihnen eine Gruppe von drei jungen Burschen entgegenkam – Maurice ging in der Mitte. Er grinste sie an – mit breiter Brust zwischen seinen beiden Freunden.

»Was machst du um diese Uhrzeit draußen?«, fuhr Alexandre ihn mit gerunzelter Stirn an.

»Das geht dich einen feuchten Kehricht an. Ich brauche nämlich im Gegensatz zu dir keine Aufpasserin mehr – und schon gar nicht so eine.«

»Spiel dich nicht auf, Maurice«, erwiderte Alexandre ruhig. »Ich verbiete dir, unseren Gast zu beleidigen.«

»Schau doch mal unter ihren Röcken nach, was sie schon alles aus unserem Haus geschmuggelt hat.«

Alexandre machte einen Satz auf seinen jüngeren Bruder zu, um ihn am Kragen zu packen. Fina hielt ihn im gleichen Moment am Arm zurück, in dem auch Maurices Freunde ihn aus der Gefahrenzone rissen. »Lass das doch, Maurice«, versuchten sie, ihn zu beruhigen, dann rannten sie zu dritt davon.

Fina hatte immer noch die Hand auf Alexandres Arm. Sie atmete schwer. »Es … es tut mir so leid«, begann sie zögernd.

Alexandre wirbelte zu ihr herum. »Was tut dir leid?«, fuhr er sie an.

Sie schrak zusammen. Bisher hatte sie ihn nur sanft und freundlich erlebt. »Ich will nicht die Ursache für Streit in eurer Familie sein«, sagte sie.

»Das bist du nicht«, presste er zwischen zusammengebissenen Zähnen hervor. »Menschen wie mein Bruder sind die Ursache für alles, was uns ins Verderben führt. Menschen, die einem wahnsinnigen Kaiser hinterherlaufen und die Luft in der Stadt mit ihren Parolen vergiften. Die ihre Nachbarn, ihre Freunde, ihre Familie verraten, wenn es um die Ehre des Despoten geht.«

»Ich wünschte, ich könnte mich mit Maurice aussöhnen«, sagte Fina leise. »Es ist so schade, dass er mich ablehnt, ohne mich zu kennen.«

Er streifte sich die Hände an der Hose ab, als hätte er sich beschmutzt. »Gib dir keine Mühe, Fina, es hat keinen Sinn. Es wird dir nicht gelingen, dich mit Maurice anzufreunden. Wahrscheinlich muss er tatsächlich erst das blutige Gemetzel einer Schlacht erleben, um zur Besinnung zu kommen.«

Fina hakte sich bei ihm ein und sie spazierten schweigend weiter, hingen ihren Gedanken nach.

Wahrscheinlich hat Alexandre recht, dachte Fina traurig. Maurice würde keine Ruhe geben. Sie hoffte nur, dass er als Soldat weder sein Leben lassen musste noch als Verwundeter heimkehrte wie sein Vater. Er war doch noch ein Kind …

Erst, als sie das *Palais* in der Gereonstraße erreichten, merkten sie, wie weit sie gegangen waren. Alexandre blieb stehen.

Fragend sah Fina ihn an. »Wollen wir umkehren?«

Alexandre schüttelte den Kopf. »Weißt du, wer in dem *Palais* residiert? Der Kaiser persönlich«, gab er gleich selbst die Antwort. Für einen Moment presste er die Lippen zu einem schmalen Strich zusammen.

»Was!« Fina schlug die Hand vor den Mund. »Bist du sicher? Kaiser Napoleon persönlich? Warum hat ihn denn keiner begrüßt? Warum gab es kein Feuerwerk über dem Rhein, kein Fest und was man sonst noch so macht, wenn ein Kaiser zu Gast ist?«

Alexandre stieß ein verächtliches Lachen aus. »Kaum einer hier in Köln fällt noch in den Freudentaumel, wenn von diesem Verrückten die Rede ist, Fina. Fast keiner. Nur wenige Narren und verbohrte Krieger … solche wie mein Vater und Maurice«, fügte er verbissen hinzu. »Du hast es selbst erlebt.«

»Ja, Maurice … Bei ihm ist es offensichtlich. Und dein Vater? Ist die Kluft zu ihm auch so groß?«

Alexandre machte eine abwinkende Handbewegung, aber sein Mund war verkniffen. »Ach, das ist nicht so dramatisch«, sagte er. »Er soll mich nur in Ruhe lassen mit seinen Kriegsparolen. Im Grunde … ist er kein schlechter Kerl. Genau wie Maurice.« Ein Lächeln weichte seine Züge auf. »Ich erinnere mich an wundervolle Zeiten mit meinem Vater und meinen Brüdern. Er hat immer viel mit uns unternommen, weißt du, hat uns das Reiten beigebracht, uns Geschichten aus seinem Soldatenleben erzählt … Und er ist lieb zu meiner Mutter, das ist wohl die Hauptsache, denke ich. Irgendwann werden auch wir uns schon wieder annähern. Vielleicht in gar nicht so ferner Zukunft, wenn Napoleon aufgibt – sei es freiwillig oder unter Zwang. Vielleicht kommt dann das große Einsehen.«

»Du klingst so vernünftig, Alexandre. So, als berühre es dich gar nicht, wenn ihr euch so heftig streitet.«

Er hob eine Braue. »So? Doch, es berührt mich, aber ich gebe die Hoffnung nicht auf, dass sich irgendwann alles zum Guten wenden wird.« Er lächelte sie an. »Ich glaube immer an das Gute.«

Sie erwiderte sein Lächeln. Da sah sie plötzlich,

dass seine Miene erstarrte, während er das Altegrabengässchen hinabblickte, das sie inzwischen erreicht hatten.

Sie folgte seinem Blick und spürte im selben Moment, wie Alexandre seine Hand fest auf ihre Schulter legte und im Schritt verharrte.

»Das kann doch nicht wahr sein, oder?«, flüsterte er, während er auf die Gestalt blickte, die das Licht- und Schattenspiel des Mondes und der vorbeiziehenden Wolken nur wenige Meter vor ihnen gespenstisch beleuchtete.

Die Gestalt ging sehr aufrecht, die Schritte militärisch abgehackt, der Kopf stolz erhoben. Sie war in einen schwarzen Umhang mit goldenen Epauletten gehüllt, die glänzenden Stiefel lugten unter dem Saum hervor. Auf dem Kopf thronte quer ein großer Zweispitz.

Alles an dieser Erscheinung, die Haltung, die Art zu gehen, die Aura, die sie umgab, ließ keinen Zweifel an der kaiserlichen Würde und Autorität.

»Napoleon Bonaparte«, flüsterte Alexandre.

Fina hielt den Atem an, während sie den Kaiser beobachtete, wie er ausschritt und um die nächste Ecke ins Viertel verschwand.

»Komm, hinterher«, zischte sie Alexandre zu und ergriff, ohne nachzudenken, seine Hand.

Wie zwei Kinder, die etwas Verbotenes ausheckten, folgten die beiden auf leisen Sohlen dem

Kaiser, der so unvermittelt aufgetaucht war: ganz ohne militärisches Gefolge, ohne einen fürsorglichen Gastgeber. Was um Himmels willen tat er da bloß?

An der nächsten Ecke, gleich hinter einer Wirtsstube, aus der betrunkenes Grölen auf die nächtliche Straße schwappte, holten sie Napoleon ein und beobachteten, wie er den Kopf nach rechts, nach links wandte, die Spitzen des Hutes wie ein Kompass bei der Ausrichtung.

Unvermittelt blieb er stehen, die Schultern hoben sich beim tiefen Luftholen, als wollte er den Duft der Stadt in sich aufsaugen.

Mit der Stiefelspitze stieß er gegen einen herumliegenden Gemüsekorb, bevor er sich zu einem mageren Hund mit struppigem Fell hinabbeugte, der schwanzwedelnd und mit heraushängender Zunge auf ihn zukam, und ihn streichelte.

Die Gegend, in die es Bonaparte verschlug, war kein Viertel, in dem sich ein Kaiser aufhalten sollte. Die Holzläden hingen windschief vor den Fenstern, in den Ecken sammelte sich Müll, in manchen Hauseingängen hockten zerlumpte Bettler, die beim Grinsen ihre faulen Zähne zeigten und ihre verlausten Haarschöpfe mit schwarzen Fingernägeln kratzten.

Doch Napoleon ging weiter, schaute sich um wie bei einer offiziellen Erkundungstour.

»Vielleicht schlafwandelt er«, meinte Alexandre. »Ich habe schon von Menschen gehört, die im Mondschein mit geschlossenen Augen die verrücktesten Sachen anzetteln. Aber mir ist nicht bekannt, dass der Kaiser unter dieser Krankheit leidet …«

»Er sieht nicht aus wie ein Schlafwandler«, wisperte Fina.

Sie hielten sich etwa fünfzehn Schritte hinter Napoleon, damit er sie nicht bemerkte und womöglich zur Rede stellte. Wer wusste schon, was einem Kaiser einfiel, wenn er sich verfolgt fühlte?

Als er um die nächste Straßenecke verschwand, verfiel Fina in den Laufschritt. »Beeil dich!«, rief sie. »Nicht, dass er uns entwischt!«

Alexandre folgte ihr, um die Häuser herum in die Gasse … Und da war er wieder, stand vor einer Reihe heruntergekommener Läden, die Arme auf dem Rücken, den Kopf in den Nacken gelegt, als betrachtete er die Fassade intensiv.

Fina stoppte so abrupt, dass sie ins Stolpern geriet. Sofort streckte Alexandre die Arme aus, um sie aufzufangen, fasste sie um die Taille, drehte sie zu sich herum.

»Hast du dir …«, begann er zu flüstern, doch dann, als sie sich der plötzlichen Nähe bewusst wurden, versanken ihre Blicke ineinander, und Worte wurden überflüssig.

Im nächsten Augenblick spürte sie seine Lippen auf ihren, ein zarter warmer Kuss wie ein Windhauch im Spätsommer, mit der Süße von reifen Kirschen.

Fina schloss die Augen und schlang die Arme um seinen Hals, während er sie eng und immer enger an sich heranzog.

Ein Kuss, der alles vergessen ließ. Sogar den Kaiser, der wenige Meter vor ihnen die Läden inspizierte. Was war ein Bonaparte gegen diesen Kuss unter dem Sternenhimmel!

Als Alexandre sich schließlich von ihr löste, suchten sich ihre Blicke erneut, versanken ineinander, und sie brauchten nichts zu sagen, um zu verstehen, dass hier etwas Wundervolles mit ihnen passierte.

Fina genoss diesen Moment wie etwas unendlich Kostbares. Denn während ihr Körper an ihn drängte und ihre Seele ihm zuflog, wusste sie doch gleichzeitig, dass dieser Kuss kein Versprechen war. Kein Versprechen sein konnte.

Es war wie ein Zauber, der über sie gekommen war und der sich genauso schnell wieder verflüchtigen würde, um dem Alltag und der Wahrheit zu weichen.

Und die Wahrheit war immer noch, dass sie nicht zueinandergehörten. Das Schmugglermädchen und ihr Sternenprinz – der schönste Traum in ihrem Leben. Sie würde ihn genießen und auskosten, solange es nur eben ging. Kraft und Mut und Zuversicht schöpfen für das harte Leben, das in nicht allzu ferner Zeit in der Spielmannsgasse auf sie wartete …

Und während Alexandre und Fina die Welt um sich herum vergaßen, setzte Napoleon Bonaparte seinen Weg fort. Der mächtigste Mann der Welt war den beiden in diesem kostbaren Moment genauso gleichgültig wie jeder andere. Sie hatten endlich zueinandergefunden, nichts anderes zählte.

»Weißt du, wie lange ich davon geträumt habe?«, flüsterte Alexandre ihr ins Ohr.

Fina konnte sich ein Lächeln nicht verkneifen. *Und ich erst*, dachte sie.

13

In der folgenden Nacht fand Fina lange keinen Schlaf. Das trübe Licht des frühen Morgens fiel bereits in ihr Zimmer, als sie endlich für wenige Stunden die Augen schloss.

Hin- und hergerissen hatte sie sich unter dem Daunenbett von einer Seite auf die andere gedreht und versucht, Klarheit in ihre Gefühle zu bringen.

Wie Alexandre sie in den Armen hielt und liebkoste … das war das Schönste, was sie bisher erlebt hatte! Es war sogar noch schöner gewesen, als sie es sich in ihren Träumen ausgemalt hatte.

Doch das machte die Sache nicht weniger verfahren. Wo würde es hinführen, wenn sie sich von nun an immer wieder so küssen, sich streicheln, sich liebkosen, sich zärtliche Worte zuflüstern würden?

Fina wusste, dass es Männern irgendwann nicht mehr reichte, und wenn sie in sich hineinhorchte, dann spürte sie ein Ziehen im Leib, das sie vermuten ließ, sie würde sich wohl auch nicht allzu heftig zur Wehr setzen … Im Gegenteil, wahrscheinlich würde sie ihm entgegenfließen vor lauter Ungeduld.

Finas Körper war noch rein und unberührt, aber was sich zwischen Männern und Frauen abspielte, das bekam man mit, wenn man gleich neben einer Spelunke mit liebestollen Säufern und freizügigen Mägden aufgewachsen war.

Auch wenn ihr Vater sich dann und wann eine willige Maid ins Haus geholt hatte, die für ihn die Röcke lüpfte und ihm gleich auf dem Küchentisch juchzend zu Gefallen war, hatte sich Fina – in ihrem Kämmerchen, mit glühenden Ohren die Decke über den Kopf gezogen – ihren Reim auf die Sache gemacht und das Keuchen und Stöhnen zu deuten gewusst.

In nicht allzu ferner Zukunft würde der Tag anbrechen, an dem sie selbst ihre Unschuld verlor … Und dafür konnte sie sich niemand anderen vorstellen als Alexandre! Ein Mann, der ihr Verlangen entfachte wie kein zweiter – der sie aber niemals zur Frau nehmen würde …

Fina liefen Tränen über die Wangen, als sie sich ausmalte, wie vielleicht Alexandres Kind in ihrem Leib heranwuchs, während sich die Braut, die sich Alexandre aus seinen eigenen Kreisen nehmen würde, auf die Hochzeit freute.

So weit darf es niemals kommen, nahm sie sich vor, und es zerriss sie fast vor Schmerz. Aber sie wusste, dass es am Ende ihre Seele retten würde, wenn sie jetzt, wo es gerade erst begonnen hatte, einen Schlussstrich zog.

Ja, sie hatte ihn berührt, sie hatte sich von ihm küssen lassen, und das sollte das glückliche Ende ihres Traums sein. Nur so würde es für jetzt und für alle Zeiten die schönste Illusion bleiben, die sie in ihrem Herzen bewahren würde wie ein Schmuckstück.

Schluchzend vergrub sie den Kopf im Kissen.

Am Morgen beschloss sie, mit den Kindern zu einem Ausflug in die Spielmannsgasse aufzubrechen. Wenn sie nur wieder ihr Haus sah, die Straßen, in denen sie aufgewachsen war! Sicher würde es ihr helfen, den Weg in die Wirklichkeit zurückzufinden.

Die Kinder boten ihr ausreichend Schutz davor, erkannt zu werden – wann hatte man die Schmuggler-Fina je mit so gut gekleideten, wohlerzogenen Kindern gesehen?

Außerdem strich an diesem Morgen eine kühle Brise durch die Gassen und rechtfertigte es, ohne Aufmerksamkeit zu erregen, dass sie sich die große Kapuze ihres braunen Umhangs über den Kopf und weit ins Gesicht hineinzog.

Die Haare, die an den Seiten herauslugten, kringelten sich zu süßen Löckchen, die keiner an der Fina aus der Spielmannsgasse kannte. Madame Billa selbst hatte sie ihr in einer ruhigen Mittagsstunde mit dem Brenneisen gedreht und damit ihrer nachwachsenden Haarpracht einen modischen Chic verliehen.

Außerdem hatte sie, seit sie bei Madame Billa und ihrer Familie wohnte, glücklicherweise einige Pfunde zugelegt, was kein Wunder war bei den nahrhaften und reichhaltigen Speisen, die hier jeden Mittag und Abend gereicht wurden.

All dies ermutigte sie zu dem ersten Ausflug in ihr altes Leben.

Die Kinder tollten auf dem Bürgersteig voran. Marie und Agnes trieben einen Holzreif über das Pflaster, Arnold stolperte lachend hinterher. Louis ging an ihrer Hand. Mit seinem Hinken pochte er einen schleppenden Takt auf dem Pflaster.

»Was machen wir hier, Fina?«, fragte er.

»Wir schauen uns nur um, Louis. Später gehen wir noch an den Rhein, wenn du magst. Das Ufer liegt nicht weit von hier, gleich hinter der Stadtmauer.«

»Oh, wie schön! Hoffentlich ankern ein paar große Schiffe im Hafen!«

»Bestimmt, Louis. Und heute Abend denken wir uns eine Geschichte von einem Seeräuber aus, ja?«

Louis strahlte und fing gleich munter an zu plappern und zu fantasieren, was so ein Seeräuber auf hoher See alles erbeuten konnte. Fina hörte nur mit halbem Ohr zu, während sie endlich die Spielmannsgasse erreichten.

Zwanzig Schritte vor ihr lag das Haus ihres Vaters, aber wenn sie erwartet hatte, eine heruntergekommene, verlassene Hütte anzutreffen, so sah sie sich getäuscht. Die oberen Fenster waren weit geöffnet.

Eine griesgrämig dreinblickende Frau mit grauem Kopftuch schüttelte mit kräftigen Bewegungen eine Wolldecke aus. Gerade wurde die Haustür aufgedrückt und ein magerer alter Mann mit zerlumptem Mantel trat heraus. Er stützte sich auf einen Krückstock, seine Schuhe waren durchlöchert und wurden nur noch notdürftig mit Lederriemen zusammengehalten.

Was tun diese Leute da?, dachte Fina empört. *Wie kommen die in unser Haus?*

Zwei Frauen schlenderten auf sie zu, die sie von Kindesbeinen an kannte. Die dicke Greta, die beim Gehen wackelte wie ein Frachtschiff bei Wellengang, hatte einen Korb über den Arm gehängt, aus dem ein intensiver Geruch nach Fisch aufstieg. Neben ihr trippelte Margit, die spitzzüngige Frau des Schusters, die Greta um einen Kopf überragte und ebenfalls einen Korb über dem Arm trug, in dem

Kohlköpfe und Äpfel lagen. Ihren Marktgang nutzten die beiden Nachbarinnen von jeher, um sich über den neuesten Klatsch und Tratsch in dem Viertel auszutauschen. Niemand war besser informiert als Greta, und Margit sog mit leicht geneigtem Kopf die Neuigkeiten auf.

Fina senkte den Blick auf die Straße, auf der sich das Herbstlaub sammelte, sodass ihre Kapuze noch tiefer über ihr Gesicht rutschte. Sie verlangsamte den Schritt, auch wenn Louis an ihrem Arm zerrte, um sie zur Eile zu treiben.

»... nie wieder zurück, der alte Galgenvogel«, vernahm Fina die keifende Stimme der Dicken. »Wundert mich nicht, dass sie den endlich dingfest gemacht haben. Der kommt aus dem Zuchthaus nicht mehr heraus, das sag ich dir. Mein Vetter hat's mir erzählt, der macht da den Schließdienst. Und verdient hat er's!«

»Und sein Blag? Wie hieß die Kleine noch? Josefina?« Margits Stimme klang wie das Zischen einer Giftschlange.

Greta zuckte die Schultern. »Wundern würd's mich nicht, wenn es die zu den Huren verschlagen hätte. Hast du mitbekommen, wie sie deinem Mann schöne Augen gemacht und mit den Hüften gewackelt hat, wann immer sie an ihm vorbeiflanierte? Und ich hab mit eigenen Augen gesehen, wie der Alte Männer mit nach Hause brachte ...

Angesehene Bürger, denen er sein Flittchen vorführte … Glaub mir, Margit, gut, dass die weg sind von hier!«

»Vielleicht haben sie sie auch ins Arbeitshaus gesteckt und …«

Fina hatte das Gefühl, eine Krallenhand griffe nach ihrer Kehle und drücke ihr die Luft ab.

Weg hier, nur weg hier!

So redete man in ihrer Straße über sie und ihren Vater? Und alle waren davon überzeugt, dass sie nie mehr zurückkehren würden?

Fina beschleunigte ihre Schritte, ließ sich nun schleppend von Louis weiterziehen, folgte den anderen drei Kindern, die dem Reif Richtung Hafen hinterherjagten.

Nur nichts mehr hören von diesen Schandmäulern! Nur nicht mehr sehen, wie andere Leute in ihrem Haus ein- und ausgingen, als gäbe es sie und ihren Vater gar nicht mehr.

Die Kapuze rutschte ihr vom Kopf, als sie über die Straße hetzte, von einem übermütig lachenden Louis begleitet.

Sie schob den Kleinen gerade auf den Bürgersteig, als ein Fuhrwerk um die Ecke bog, das offenbar vom Hafen kam. Die Ware war mit einer Plane abgedeckt, auf dem Kutschbock hockte ein stiernackiger Kutscher, der die Peitsche über dem Gaul schwang, und neben ihm …

In ihrer Eile hatte Fina alle Vorsicht fallen lassen und starrte dem Mann ins Gesicht – eine Ewigkeit, wie es ihr schien –, als aus ihrem Gedächtnis die Erinnerung aufstieg.

Nein, dachte sie, *nein, bloß das nicht …*

Der Mann erwiderte ihren Blick, während ihm der Mund offen stand, und sie las in seinen Augen, dass auch er sie erkannte.

Einen Moment lang befürchtete sie, er würde die Kutsche anhalten und herabspringen, ihr hinterherlaufen, aber da rumpelten sie schon vorüber.

Sie spürte fast, wie er sich umdrehte und ihr hinterherschaute.

»Fina!«, rief er mit sich überschlagender Stimme.

Sie rannte, als wäre der Teufel hinter ihr her, hatte die Kinder eingeholt und scheuchte sie um die nächste Ecke.

»Ich finde dich, Fina! Du kannst mir nicht entfliehen! Du gehörst mir!«, hörte sie seine Stimme über dem langsamer werdenden Getrappel des Kutschpferds.

Es war niemand anderes als Bäckermeister Alfons Krüll.

14

Die Kinder protestierten, aber Fina legte alles, was sie trotz ihrer inneren Aufruhr an Strenge aufbringen konnte, in ihre Stimme, um sie auf den Heimweg zu bringen.

»Aber der Hafen … wir wollten die Schiffe anschauen und Seeräuber suchen!« Louis schniefte.

»Ein anderes Mal, Louis, ich verspreche es dir. Wir müssen nach Hause. Jetzt! Kommt, wir machen ein Spiel: Wer zuerst da ist!«

Schon stürmten die Zwillinge mit Arnold in der Mitte wieder los und Fina rannte keuchend mit Louis hinterher. Immer wieder drehte sie sich um.

Ob Krüll ihr folgte?

Oh Himmel, bitte nicht …

Die Worte ihres Vaters hallten in ihrer Erinnerung, seine letzten Worte an sie, bevor er abgeführt wurde. *Lauf zu Krüll.*

Für ihren Vater war der hässliche Bäcker ihre Rettung in dieser Stadt, der Mann, der ihr Schutz und Unterkunft zu bieten vermochte, der Mann, mit dem er … Ja, was hatte er nun eigentlich mit ihm ausgehandelt? Hatte Krüll bereits das Geld bezahlt, das ihr Vater von ihm verlangte? Besaß Krüll Rechte an ihr, die er nun einzulösen gedachte?

Er durfte sie nicht finden, niemals.

Wenn es sein musste, würde sie das Haus eben überhaupt nicht mehr verlassen.

Erleichterung durchströmte sie, als sie endlich das Modegeschäft erreichte, mit den hohen Glasfenstern zur Straßenseite, der edlen Auslage und dem schwungvollen Schriftzug »Mode Togler« auf dem schimmernden Fassadenschild.

Der Eingang zu den Privaträumen befand sich gleich daneben. Fina schob die Kinder die Treppen hinauf, schloss eilig die Tür auf und lehnte sich wenig später mit geschlossenen Augen von innen dagegen, als wollte sie sie zusätzlich vor dem Eindringen des Bäckers schützen.

Es schien unwahrscheinlich, dass er ihr gefolgt war. Wie hätte er so schnell von der Kutsche springen können? Und seine Beine waren auch nicht mehr so jung wie ihre. Den Weg bis in die Sternengasse hätte er nur unter großer Anstrengung in diesem Tempo schaffen können.

Und trotzdem … Ein nagender Zweifel blieb, und Fina wusste, dass sie dieses Unbehagen so schnell nicht mehr loswerden würde.

An jeder Ecke, hinter jedem Baum würde sie nun das hagere Gesicht des Mannes vermuten, der behauptete, er habe ein Recht darauf, sie zum Weib zu nehmen.

Wie berechtigt ihre Befürchtungen waren, stellte sich bereits am frühen Abend heraus.

Fina saß mit den Zwillingsmädchen über einer Näharbeit, hübsch bestickten Seidenkissen, die sie der Mutter unter den Weihnachtsbaum legen wollten, während die Jungen auf dem Fußboden einen Turm aus Holzklötzen bauten, als ein heftiges Pochen an der Eingangstür sie zusammenzucken ließ.

Sie hörte die Schritte des Hausherren, Monsieur Toni, wie er in die Eingangshalle stiefelte, um dem Gast zu öffnen. Fina legte den Stickrahmen ab, ohne dass die beiden Mädchen in ihrem Tun unterbrachen, und stand auf. Das Blut brauste in ihren Ohren. Das Entsetzen des Morgens steckte ihr immer noch in den Knochen.

Sie ging zur Tür des Salons, lehnte sich in den Rahmen und blickte vorsichtig in die Halle.

Das Herz rutschte ihr hinab, als sie erkannte, dass es tatsächlich Krüll war, der da Einlass gefordert hatte. Dieser Mistkerl! Zum Teufel sollte er sich scheren!

Als Monsieur Toni die Tür öffnete, zog Krüll seinen Hut und knetete ihn in den Händen, während er eine Verbeugung vollführte.

»Monsieur Dorhaus?«, vernahm sie seine krächzende Stimme.

»Ja? Mit wem habe ich die Ehre?«

»Ich bin der Bäckermeister Alfons Krüll«, stellte er sich vor. »Wenn Sie erlauben …« Krüll unternahm Anstalten, an ihm vorbei ins Haus zu gehen. Sein ganzes Auftreten wies ihn als einen Mann aus, der nicht gewillt war, sich abweisen zu lassen.

Monsieur Toni trat einen Schritt zur Seite und ließ ihn ein. Fina sah, dass er die Stirn runzelte, aber die Höflichkeit zwang ihn, dem Fremden zuzuhören.

»Wie kann ich Ihnen behilflich sein, Bäckermeister?«, fragte Monsieur Toni kühl.

»Nun, mir ist zu Ohren gekommen, dass Sie in Ihrem Haus eine junge Frau beherbergen, die … nun, die mir an die Hand versprochen wurde.«

Fina sog scharf die Luft ein. Sie fürchtete, die beiden Männer in der Halle müssten ihren Herzschlag hören, so sehr polterte es in ihrer Brust. Sie ballte die Hände zu Fäusten. Für einen Moment fragte sie sich, wie die Herrschaften wohl reagieren würden, wenn sie wie eine Raubkatze hervorsprang und dem Kerl an die Kehle ging. Aber nein … Klug wäre das nicht.

Sie lauschte weiter.

»Das muss ein Missverständnis sein«, erwiderte

Monsieur Toni freundlich, aber ohne die Wärme und Herzlichkeit, die Fina sonst so an ihm schätzte. »Wer sollte das sein? Meine beiden Mädchen sind längst noch nicht im heiratsfähigen Alter, und …« Er unterbrach sich, weil er offenbar genau in diesem Moment ahnte, wen Krüll im Sinn haben könnte.

»Meine Braut kümmert sich um Ihre Kinder, Monsieur Dorhaus. Sie ist wohl deren Kindermädchen. Fina wird sie gerufen, von Haus aus heißt sie Josefina Bartel. Ich bin bestens bekannt mit ihrem bedauernswerten Vater. Ich hatte das Glück, ihrer am Morgen ansichtig zu werden. Mein Kutscher kennt Ihre Zwillinge – er nennt ein Mädchen im selben Alter sein eigen. Er wusste gleich, wohin die fuchshaarigen Zwillinge gehören. So habe ich hergefunden.«

»Fina, natürlich …« Monsieur Toni führte eine Hand zum Mund und tippte sich mit dem Zeigefinger nachdenklich auf die Lippen, während er den Mann vor sich mit offensichtlichem Unbehagen musterte. »Und sie ist Ihre Braut, sagen Sie?«

»Sehr wohl, Monsieur. Sie wurde mir rechtmäßig anvertraut. Seit Wochen schon bin ich auf der Suche nach ihr, und heute nun … schickte ein gütiges Schicksal sie mir über den Weg. Wie war ich froh, als ich ihr liebes Gesicht erkannte! Und so gut genährt ist sie! Ich danke Ihnen von Herzen, dass

Sie sich allem Anschein nach mit aller gebotenen Nächstenliebe um sie gekümmert haben und es ihr an nichts fehlen ließen.«

Fina presste die Zähne fest aufeinander. Heiße Wut machte sich in ihr breit.

Monsieur Toni ging auf das Geschmeichel nicht ein, blieb ganz der kühle Geschäftsmann. »Dann darf ich Sie bitten, in zwei Tagen noch einmal vorzusprechen. Ich werde den Sachverhalt in meiner Familie erörtern und auch Fina zu den Umständen befragen.«

»Aber …« Krüll war deutlich anzumerken, dass es ihm nicht passte, eine weitere Verzögerung hinzunehmen. Ganz sicher ahnte er auch, dass Fina nicht mit offenen Armen zu ihm überlaufen würde. Aber dem Angebot des Hausherrn konnte er nichts entgegensetzen.

»Dann richten Sie ihr bitte meine ehrerbietigen Grüße aus, Monsieur Dorhaus, und wie sehr ich mich darauf freue, ihr wiederzubegegnen. Es war der Wille ihres Vaters, den ein beklagenswertes Schicksal ereilte, dass wir ein Paar werden, und es wird mir eine große Freude und Ehre sein, seinem Wunsch zu entsprechen.« Den letzten Satz sprach er fast wie eine Drohung aus, als wollte er sicherstellen, dass Monsieur Toni sich den Plänen von Finas Vater nicht widersetzte.

Toni öffnete die Tür und deutete eine Verbeugung an. »Dank für Ihren Besuch, Bäckermeister. In zwei Tagen erwarte ich Sie wieder hier. Dann werden wir mehr wissen.«

Krüll verbeugte sich ehrerbietig und schlich dann hinaus.

Fina stieß einen tiefen Seufzer aus, als die Tür hinter ihm ins Schloss fiel.

Sollte sie gleich zu Monsieur Toni laufen und ihm erzählen, dass sie niemals die Ehefrau dieses Mannes werden wollte?

Doch noch während sie abwog, spürte sie auf einmal eine warme Hand sanft auf ihrem Mund, und jemand zog sie in den Salon zurück.

Fina schrak zusammen, begann, sich heftig zur Wehr zu setzen, drehte sich um und blickte geradewegs in Alexandres lachende Augen. »Was gibt es denn hier zu lauschen, hm?«, fragte er mit heiterem Blick. »Und warum blitzen deine Augen, als wolltest du jemanden erdolchen?«

Doch Fina konnte sein Lächeln nicht erwidern. Kreidebleich sah sie an ihm vorbei zu den Kindern, die in ihr Spiel und in ihre Näharbeiten vertieft waren. Dann blickte sie ihn wieder an, legte die Hände auf seine Schultern.

»Etwas … etwas Furchtbares ist passiert. Jemand … jemand hat mich gefunden …«

»Jemand? Wer soll das sein, Fina? Was will er von dir?«

»Er … er ist mein Verlobter, sagt er. Mein Vater und er haben …«

Alexandre riss die Augen auf und hielt Fina an den Schultern ein Stück von sich, während er sie anstarrte. »Dein Verlobter, meine Lotte?«

Trotz ihres Kummers und ihrer Wut musste Fina lachen. »Sag nicht Lotte zu mir …«

»Aber sie hat auch einen Verlobten, Albert, der der Seelenverwandtschaft im Wege steht!«

»Ach, Alexandre, du Träumer«, erwiderte Fina und streichelte ihm sacht über die Wange. »Es geht hier nicht um einen Roman, den ein großer Dichter ersonnen hat. Es geht um mein Leben.«

»Und um meins«, fügte Alexandre an. »Warum nennt er sich dein Verlobter, wenn er es gar nicht ist?«

»Das … das ist eine lange Geschichte, Alexandre. Mein Vater hat ihn für mich ausgesucht und sie haben um mich gefeilscht wie auf dem Pferdemarkt. Ich wusste bislang nicht, ob sie sich einig geworden sind, aber nun, da er vor deinem Onkel stand und seine Ansprüche an mich angemeldet hat …« Sie hob die Schultern. »Ich habe keine Ahnung, was die beiden letzten Endes ausgehandelt haben, aber Krüll erscheint mir schon wie ein ausgekochtes Schlitzohr. Du hättest ihn sehen sollen, wie er vor deinem Onkel gekatzbuckelt hat. Möglicherweise hat er meinem Vater nicht einen lumpigen Franc gegeben und sieht nun seine Chance …«

Alexandre klappte der Kiefer herunter. Er schüttelte den Kopf. »Ich kann das nicht glauben«, stieß er hervor. »Als wärest du eine Ware, für die man bezahlen muss!« Er zog sie fest an sich, drückte ihr einen Kuss auf die Haare. »Ich werde niemals zulassen, dass dich ein anderer Mann hier wegführt, Fina. Vertrau mir. Ich passe auf dich auf.«

Fina genoss die Wärme und Zärtlichkeit seiner Umarmung. Es tat gut, dass er sie beschützen wollte. In ihrem Leben hatte es nur wenige Tage gegeben, an denen sie sich geborgen und behütet gefühlt hatte. Aber inzwischen wusste sie auch, dass sie sich nicht wie ein Lamm zur Schlachtbank führen lassen würde. Sie würde kämpfen mit allen Mitteln, die ihr zur Verfügung standen. In ihr war eine Kraft gewachsen, von der sie nichts geahnt hatte, bevor sie Alexandre kennengelernt hatte.

Dummerweise spürte sie dennoch, wie ihr nun die Tränen über die Wangen liefen. Wie gut sich Alexandre anfühlte, wie warm sein Atem über ihren Nacken strich.

Für immer so hier stehen. Niemals mehr an etwas anderes denken müssen, niemals mehr etwas anderes fühlen. Mehr würde sie vom Leben nicht verlangen.

»Erinnerst du dich an unsere Begegnung mit Bonaparte?«, flüsterte er dicht an ihrem Ohr.

Fina stieß ein belustigtes Schnauben aus. »Wie könnte ich das vergessen!«

»Ich weiß jetzt, was den Kaiser umtrieb.«

»So?«

»Zwei Stunden hat er sich in den schäbigen Vierteln aufgehalten und tauchte erst dann wieder bei seinem völlig verdutzten Gefolge auf. Er war tatsächlich bei Sinnen, wie du richtig vermutet hast. Er meinte, er habe von Köln mehr sehen wollen als nur die Fassade. Ihn habe interessiert, wie die Leute in den *Quartiers* hausen, und aus Paris ist er, da kannst du sicher sein, das Elend aus den Massenvierteln gewohnt. Jedenfalls war er reichlich erschüttert und will zwölftausend Franc für die Armen stiften.«

»Das ist doch sehr großherzig von ihm«, entfuhr es Fina.

Alexandre nickte grimmig. »Doch was nützt es? Tausendmal lieber wäre es mir, er hätte beim Wandeln über die blutigen Leichen auf den Schlachtfeldern eine so großherzige Einsicht und würde dem unsinnigen Morden ein Ende setzen. Er allein hätte die Macht dazu …«

Fina schmiegte sich an Alexandre, der beide Arme fest um sie legte. Sicher, die große Politik ging sie alle an, ihrer aller Zukunft hing davon ab.

Aber im Augenblick würde sie sich schon damit bescheiden, wenn sie niemals mehr einem Alfons Krüll gegenüberstehen musste …

15

»Was bildet sich dieser Bäckermeister bloß ein!«, fuhr Madame Billa auf, als die Familie am Abend zu Tisch saß und Monsieur Toni vortrug, was kurz zuvor passiert war.

Auf dem Tisch verströmte in einer Porzellanterrine eine köstliche Hühnersuppe ihren Duft, aber Fina brachte an diesem Abend keinen Happen hinunter.

Sie fühlte sich so gedemütigt, als würde sie am Pranger stehen. *Flittchen. Hure. Schlampe.* Die bösen Worte der Vergangenheit hatten sie durchdrungen wie ein Gift.

Dabei wollte man ihr an diesem Tisch, in dieser Gesellschaft, nichts Böses, wie ihr der Verstand sagte. Aber in ihrem Blut brodelte es vor Scham und Wut. Und Maurices verächtliche Blicke trugen ihren Teil dazu bei. Sie konnte sich denken, welche gehässigen Gedanken sich hinter seiner Stirn bildeten ... Aber inzwischen sprach er sie nicht mehr aus – Monsieur Toni hatte ihm gehörig den Kopf gewaschen, nachdem er erfahren hatte, was in jener Nacht draußen auf der Straße passiert war. Aber noch stärkeren Eindruck hatte wohl das lange Männergespräch mit seinem eigenen Vater Jean hinterlassen, der sich, wie Alexandre ihr erzählt hatte, ganz auf ihre Seite stellte, wofür Fina dem Franzosen von Herzen dankbar war.

Alle hörten nun atemlos zu, wie Monsieur Toni erklärte, dass sich dieser Bäckermeister offenbar für Finas Verlobten hielt.

Nun wandten sie die Köpfe und blickten Fina an.

»Wirst du heiraten und weggehen?«, fragte Louis, mit vollen Backen kauend. »Bloß nicht, Fina!«

Sie lächelte den Kleinen an und streichelte ihm über die Haare. »Ich hoffe nicht, Louis.«

»Wie sieht er denn aus, dein Verlobter? Habt ihr euch schon geküsst?« Marie und Agnes starrten sie mit weit aufgerissenen Augen an.

»Zum Gruseln sieht er aus, und der liebe Gott möge verhüten, dass er mir jemals zu nahe kommt«, erwiderte Fina und wechselte einen schnellen Blick mit Alexandre, während die Zwillinge aufgeregt zu tuscheln begannen. Was Fina da erzählte, entsprach so gar nicht ihren Vorstellungen von einer Märchenliebe.

Es war klar, dass es nun an Fina war, die Sache zu erläutern. Sie knetete ihre Hände, zupfte mit dem Nagel ihres Zeigefingers an einem Hautfetzen am Daumen, hüstelte.

»Ich habe mich mit Fina bereits über die Sache unterhalten …«, ergriff da Alexandre das Wort, in der Annahme, Fina brauche Hilfe. Alle Blicke wandten sich nun ihm zu.

»So?« Toni Dorhaus hob eine Braue. »Warum bist du nicht gleich zu mir gekommen? Dann hättest du mir die unangenehme Begegnung mit diesem Menschen erspart.«

»Ich … wir … haben erst heute Nachmittag darüber gesprochen, nachdem Krüll bereits weg war.«

»Wart ihr denn dabei?«, erkundigte sich Sophie und reichte Jean die Sauciere.

»Nun ja … äh … ich hatte mitbekommen, dass jemand an der Tür war, und habe zufällig gehört, wie …«

»Da hast du also gelauscht, verehrter Neffe«, stellte Monsieur Toni fest.

Alexandre erhob sich halb und deutete eine Verbeugung an. »Ich bitte um Vergebung, Onkel, es war keine Absicht.«

Fina blickte zwischen ihm und Monsieur Toni hin und her und ihr Herz flog diesem liebenswerten jungen Mann zu, wie schon so viele Male zuvor. Was für ein Ehrenmann er war! Nahm die Schuld auf sich, um sie nicht in Schwierigkeiten zu bringen.

Fina hob das Kinn. »Richtig ist, dass ich gelauscht habe. Ich habe alles mitbekommen, was Sie, Monsieur Dorhaus, mit Alfons Krüll besprochen haben.«

»Ich verstehe.« Monsieur Toni tupfte sich mit der Serviette über die Lippen und Fina war sich nicht sicher, ob er hinter dem Tuch ein leichtes Lächeln verbarg. »Erzähl weiter, Fina.«

Fina straffte die Schultern, legte die Hände flach auf die Tischplatte. »Ich war mit den Kindern im Salon, als der Bäckermeister anklopfte und Sie ihm öffneten. Als ich seine Stimme vernahm, schaute ich in die Halle und wusste sofort, was er wollte. Es ist nämlich so …« Sie zögerte einen Moment, bevor sie den Blick wieder hob. »Als ich noch mit meinem Vater allein lebte, setzte er alles daran, einen Ehemann für mich zu finden. Er meinte es nicht böse, bestimmt nicht …«, fügte sie an. »Aber für mich war es eine Qual. Immer wieder führte er mich fremden Männern vor, Geschäftsfreunden meistens, die mich begutachteten wie auf dem Viehmarkt.«

»Das ist doch nicht möglich!«, brach es da aus Madame Billa heraus und auch die anderen am Tisch stimmten in ihre Empörung ein.

»Aber ich war allen immer zu mager, zu jung, sah zu krank aus … Bis schließlich dieser Krüll auftauchte. Ich weiß nicht genau, was mein Vater mit ihm ausgehandelt hat. Möglich, dass Krüll ihm das Geld für mich bereits gegeben hatte, bevor mein Vater von den Soldaten am Wachtor gefasst und weggesperrt wurde. Wahrscheinlicher ist, dass er seine Chance wittert, jetzt, da mein Vater im Gefängnis sitzt. Mich würde es nicht wundern, wenn er keinen Franc bezahlt hat. Vaters letzte Worte, als ich die Flucht ergriff, waren allerdings, dass ich zu Krüll laufen solle. Offenbar ging er davon aus, dass ich bei dem Bäckermeister in jedem Fall ein neues Zuhause finden würde.« Fina hob die Schultern. »Es könnte also sein, dass Krüll tatsächlich Rechte an mir hat und dass es falsch von mir war, nicht gleich zu ihm zu gehen …«

Eine Träne löste sich aus ihrem Augenwinkel und lief die Schläfe hinab. Unwillig wischte sie sie weg, schniefte einmal kurz und schaute dann wieder in die Gesichter der anderen.

Wie würde die Familie reagieren? Würden sie sie gleich wegschicken?

Zu ihrer Überraschung brach Toni Dorhaus in Gelächter aus. Aber es war kein fröhliches Lachen. Es klang sehr bitter. »Das hört sich an wie Sklavenhandel, Mädchen! Und so was zu Beginn des neunzehnten Jahrhunderts! Ich kann gar nicht glauben, dass dein Vater dich auf diese erniedrigende Art verschachern wollte.«

Jean schüttelte ungläubig den Kopf und stieß ebenfalls ein verächtliches Schnauben aus. »Wenn dein Vater für den Schleichhandel nicht bereits in Ketten gelegt worden wäre, könnte man ihn glatt dafür noch vor Gericht zur Rechenschaft ziehen. Wie kann er es bloß wagen …«

»Gut, dass du abgehauen bist«, pflichtete Maurice seinem Vater mit feurigem Blick und erhobener Faust bei und erschrak in der nächsten Sekunde über seinen Ausbruch. Er sank wieder in seinem Stuhl zusammen, zuckte mit den Schultern und schaute mit flatternden Lidern zu seinem Vater.

Fina zog unwillkürlich eine Augenbraue hoch. Auch wenn nicht die Rede davon sein konnte, dass sie »abgehauen« war – gab es da etwa einen Sinneswandel? Sie blickte von ihm zu Jean, der mit einem satten Schmunzeln die Arme vor der Brust verschränkte, und erkannte, dass es dem Jungen im Grunde um nichts anderes als Anerkennung ging. Konnte sie ihm das verdenken? Sie versuchte ein kleines Lächeln. Maurice erwiderte es mit einem schiefen Grinsen.

Madame Billa stand auf und kam auf sie zu. Von hinten legte sie die Arme um Fina und drückte die Wange an ihre. »Arme kleine Fina … Was hast du da bloß mitgemacht! So angegafft zu werden von alten lüsternen Kerlen … Schämen sollten sie sich alle, dir so etwas anzutun. Ich bin so froh, dass dich ein gütiges Schicksal zu uns geführt hat. Sorge dich nicht. Solange ich es verhindern kann, wirst du niemals die Frau eines Mannes, dem dein Herz nicht gehört.«

Fina seufzte und schloss für einen Moment die Augen. So gut tat es ihr, von einer warmherzigen Frau wie Billa Dorhaus umarmt und getröstet zu werden. Einer Frau, die ihr sagte, dass die anderen sich zu schämen hatten, nicht etwa sie. Was für eine Wohltat, eine Entlastung für ihre geschundene Seele. Ob ihre Mutter auch so zu ihr gehalten hätte? Wie aus weiter Ferne meinte sie das Summen zu hören, mit dem ihre Mama sie beruhigt hatte, wenn ein grauenhafter Albtraum ihr den Schlaf raubte.

Alexandre neben ihr rutschte auf seinem Stuhl hin und her. Immer wieder tauschten die beiden Blicke. Fina spürte, dass auch er sie gern getröstet hätte – aber vor allen, im Kreis der Familie … Das war unmöglich.

»Sorge dich nicht, Fina«, sagte Monsieur Toni da. »Dieser Mann hat keine Handhabe gegen dich. Was auch immer er mit deinem Vater ausgeheckt hat, es ist unrechtmäßig. Und das werde ich ihm auch sagen, wenn er es wagen sollte, hier noch einmal aufzutauchen.«

»Davon abgesehen …«, in Jeans Gesicht stahl sich ein listiger Ausdruck, als er Toni zuzwinkerte, »dürfte es ein Leichtes sein, den alten Bock seinerseits unter Druck zu setzen, oder was meinst du, Toni?«

Toni erwiderte sein Grinsen. »Davon gehe ich aus, Jean.«

Fina blickte zwischen den beiden Männern hin und her. Was meinten sie? Wie wollten sie Krüll einschüchtern?

Alexandre erklärte es ihr, als sie wenig später wieder in der Bibliothek zusammensaßen. An Lesen und Philosophieren war an diesem Abend nicht zu denken. Dazu war Fina zu aufgewühlt. Aber es war sowieso viel bezaubernder, als Alexandre jetzt ihre Hand in seine nahm und liebevoll über ihre Finger strich. »Mein Vater und mein Onkel haben eine Menge nützlicher Kontakte in der Stadt. Sie wissen, wer Dreck am Stecken hat und wer nicht. Die meisten Geschäftsleute hier sind in den Schmuggelhandel verwickelt. Und ein Bäckermeister braucht Zucker, den es zurzeit zu moderaten Preisen nur über die Schleichwege gibt. Wahrscheinlich wollen sie ihn auf diese Art kleinkriegen.«

»Und du meinst, einer wie Krüll lässt sich einschüchtern?«, fragte Fina skeptisch.

Was für eine Erleichterung wäre es, wenn Krüll

von ihr abließe und nicht länger Ansprüche auf sie stellte! Es wäre fast zu schön, um wahr zu sein.

Alexandre hob die Schultern. »Vielleicht.« Er grinste. »Ich weiß nur, dass das hitzige Temperament meines Vaters und der kühle Sachverstand meines Onkels unschlagbare Verbündete sind, die sich schon in mancher Situation bestens bewährt und zu ganz erstaunlichen Ergebnissen geführt haben.«

Fina versuchte ein Lächeln, aber es wollte nicht so recht gelingen. Sie dachte an ihren Vater, der im Zuchthaus saß und der einige Umstände auf sich genommen hatte, damit sie ein neues Zuhause fand. Zumindest aus seiner Sicht. Schlief er auf dem kalten Steinboden oder auf einer harten Pritsche? Trug er einen Eisenring um die nackten Knöchel, der ihm die Haut wund scheuerte?

Welche Gedanken mochten ihn umtreiben, wenn er allein in seiner kalten Zelle lag? Tröstete und wärmte ihn möglicherweise der Gedanke, dass er sein einziges Kind in seinen Augen gut versorgt wusste? Was würde er davon halten, wie sich die Dinge entwickelten?

Irgendwann würde er wieder auf freiem Fuß sein und sich erkundigen, wie es mit Krüll aussah.

Fina graute jetzt schon vor dem Tag, da sie ihm gestehen musste, dass alles so anders gelaufen war, als er es sich vorgestellt hatte …

Wie würde ihr Leben dann weitergehen? Sollte sie, bis sie alt und runzelig war, dem Vater den Haushalt führen? Sie mochte gar nicht daran denken. Wie lange würden die Erinnerungen an Alexandre ihr die Lebensfreude erhalten? Sie sah ihm in die Augen und merkte erst jetzt, dass er sie ohne Unterlass beobachtet hatte.

Seine Gesichtszüge waren ganz weich, sein Blick verhangen, ein Lächeln umspielte seine Lippen. Er streichelte ihr Gesicht, Fina schmiegte ihre Wange in seine Hand und schloss die Augen.

»*Ich habe eine Bekanntschaft gemacht, die mein Herz näher angeht*«, wisperte er ihr zu.

Sie lächelte unter Tränen und schlang die Arme um ihn. Nicht mehr reden, nur noch spüren.

16

Als Bäckermeister Alfons Krüll zwei Tage später wieder vor der Tür stand, öffneten ihm Toni und Jean gemeinsam.

»Fina, magst du dich zu uns gesellen?«, rief Toni in den Salon, wo sie mit den Kindern spielte.

Seit sie am Morgen die Augen aufgeschlagen hatte, kreisten ihre Gedanken um diese Begegnung. Zum Frühstück hatte sie keinen einzigen Bissen hinunterbekommen. Als sie sich nun erhob, wollten ihre Beine sie kaum tragen. Sie lächelte auf die Kinder hinab. »Ich bin gleich wieder bei euch.« *Hoffentlich*, fügte sie in Gedanken hinzu.

Sie richtete ihr Kleid, holte tief Luft und eilte dann in die Halle. Mit ein paar schnellen Schritten war sie neben Monsieur Toni, der auf Fersen und Zehen hin- und herwippte und ihr charmant zunickte. Er strahlte eine herrschaftliche Überlegenheit aus.

Neben ihm hatte sich Jean aufgebaut, den Kopf

vorgeneigt, die Beine wie zum Sprung leicht gebeugt, die Finger der verbliebenen Hand zur Faust geballt.

Sie wagte nicht, die Augen auf den Bäckermeister zu richten, der sie, wie sie trotz der gesenkten Lider bemerkte, so eindringlich musterte, als wollte er sie mit seinen Blicken ausziehen.

Krüll zog seinen Dreispitz und verbeugte sich vor Fina. »Ich bin gekommen, um dich zu mir zu holen als meine Braut«, begann er seine Rede. »Du bist kaum wiederzuerkennen, Fina. So wohlgenährt und rosig.«

Sie knickste widerwillig und presste die Lippen aufeinander. *Wag es nicht, mir zu nahe zu kommen …*

»Wir haben mit Fina über Sie gesprochen, Bäckermeister, und wie die Dinge liegen, war es nie ihre Absicht, Sie zu ehelichen.«

»Aber es ist abgemacht!«, widersprach Krüll sofort. Sein Gesicht lief rosa an.

»Wir wissen, wie es abgemacht und ausgehandelt wurde«, meldete sich nun Jean mit düsterer Miene. »Schämen sollten Sie sich, Bäckermeister! Sie wollten Finas Vater bezahlen, um sie zur Frau zu nehmen. Das ist nichts weiter als Sklavenhandel, das ist Ihnen hoffentlich klar! Ob Sie überhaupt je einen Franc bezahlt haben, sei dahingestellt. Es tut auch gar nichts zur Sache.«

»Sklavenhandel? Von wegen! Ich habe einen

Gutteil meines Vermögens für sie ausgegeben! Wie können Sie es wagen, dies in Abrede zu stellen? Jetzt, wo ihr Vater im Zuchthaus sitzt, braucht sie eine starke Hand, die sie führt. Dafür empfehle ich mich mit dem reinsten Gewissen. Und ein vorzüglicher Ehemann werde ich ihr auch sein!«

»Glauben Sie, ja?«, erwiderte Monsieur Toni voller Verachtung. »Wie wollen Sie ein guter Ehemann sein, wenn Ihr Weib nichts als Abscheu für Sie empfindet?«

»Abscheu? Wie kommen Sie darauf, Monsieur Dorhaus? Das brauche ich mir von Ihnen nicht vorwerfen zu lassen. Ich verbitte mir eine solche Beleidigung. Fina, sag es Ihnen! Sag diesen beiden Herren, was du für mich empfindest.« Krüll starrte Fina an, als wollte er sie hypnotisieren.

Fina hob den Kopf. In ihrem Gesicht lag auf einmal ein königlicher Ausdruck, als sie den Blick des kleinen Mannes erwiderte. Die Augen aller drei Männer waren auf sie gerichtet.

Sie wusste, dass nun die Stunde gekommen war, in der sie beweisen musste, wie viel Mut in ihr schlummerte, wie viel Kraft, und wie stark ihr Wille war, endlich ein selbstbestimmtes Leben zu führen.

»Was ich für Sie empfinde, Monsieur Krüll? Nichts, rein gar nichts. Ich kenne Sie nicht und es war nie mein Wunsch, Ihre Gemahlin zu werden.

Mein Vater hat mich nie gefragt, als er mich seinen Geschäftsfreunden vorstellte, und ich würde lieber sterben, als mit Ihnen Tisch und Bett zu teilen.«

Wut verzerrte die Züge des Mannes. »Du kleine Hure!«, zischte er. »Was bildest du dir ein? Eine Partie wie mich wird dir nie wieder in deinem armseligen Leben geboten werden!«

Seine Worte prallten an Fina ab. Sie meinte, Madame Billas Arme um ihren Nacken zu spüren und ihre liebe Stimme im Ohr: *Schämen sollten sie sich alle, dir so etwas anzutun.*

Schon als Krüll angesetzt hatte, war Jean einen Schritt vorgetreten und hatte ihn mit seiner rechten Hand an der Schulter gepackt. Fina staunte, wie geschickt er seinen einen Arm einzusetzen vermochte. Nein, Jean Leblanc war kein Mann, der sich durch eine – wenn auch verheerende – Kriegsverletzung außer Gefecht setzen ließ.

Mit festem Griff schob er Krüll zur Tür, die Toni öffnete. »Sie haben es gehört, Krüll. Der Handel ist nichtig. Und rechtswidrig sowieso.«

»So können Sie mit mir nicht umspringen!«, erboste sich Krüll und schüttelte die Hand des Franzosen ab. »Sie haben kein Anrecht, Fina hierzubehalten! Sie gehört zu mir!«

»Damit Sie Ihnen bei Ihren Schmuggelgeschäften Handlangerdienste erweist?«, fuhr Toni ihn triumphierend an. »Ich bin sicher, die Gendarmerie freut sich über einen Hinweis darüber, woher Sie Ihren Zucker beziehen, Bäckermeister!«

»Wie … was …« Krüll wechselte im schnellen Rhythmus die Gesichtsfarbe und blieb am Ende blass und wächsern wie eine Leiche.

»Wir haben uns erlaubt, Erkundigungen über Ihre Geschäfte einzuziehen, Monsieur Krüll. Was sich als nicht sehr kompliziert erwiesen hat. Ihre Handlanger sind nur allzu bereit, gegen Sie auszusagen, wenn man ihnen ein paar Münzen verspricht. Und was soll aus dem Mädchen werden, wenn nach ihrem Vater auch noch ihr Ehegatte im Zuchthaus landet, hm?«, fügte Toni mit süffisantem Lächeln hinzu. »Das wollen Sie ihr doch sicher nicht zumuten, oder?«

Krüll stolperte rückwärts aus dem Haus und hatte Mühe, das Gleichgewicht zu halten, als er auf den Treppenstufen balancierte. Er ruderte mit den Armen in der Luft. »Das … das ist infam!«, spie er aus.

»Es liegt in Ihrer Hand, Monsieur«, erwiderte Toni ungerührt. »Lassen Sie Fina hier und kehren Sie unbescholten heim. Oder nehmen Sie sie mit – dann steht morgen die Gendarmerie vor Ihrem Geschäft, um Ihren Warenbestand zu prüfen. Wenn Sie ein reines Gewissen haben, sollte Ihnen davor nicht bang sein.«

Krüll war inzwischen am Treppenabsatz angelangt. Er japste mit pfeifender Brust und stierte zwischen Jean, Toni und Fina hin und her. Ein glotzendes Schaf, dem der Wolfspelz vom Rücken gerutscht war.

»Gehen Sie, Monsieur Krüll. Ich wünsche Ihnen, dass Sie bald eine liebe Gattin finden«, sagte Fina in einem plötzlichen Anflug von Mitgefühl und eingedenk des Herzenswunsches ihres Vaters. Der Gedanke, dass dieser Mann sie bis an ihr Lebensende hassen könnte, bekümmerte sie. Aber ihr Bestreben, die unerfreuliche Angelegenheit doch noch in Harmonie zu beenden, schlug gründlich fehl.

Krüll spuckte aus. »Du Miststück, was bildest du dir ein?«, zischte er ihr zu. »Auf deine guten Wünsche speie ich!« Und das tat er auch, indem er ein weiteres Mal kräftig ausspuckte.

Fina schlug die Hände vors Gesicht und Jean sprang mit einem Satz neben Krüll. Doch bevor der Franzose ihn am Kragen packen konnte, nahm der Bäckermeister die Beine in die Hand und lief davon.

Tonis Lachen begleitete ihn auf seinem eiligen Weg aus der Sternengasse. Als Krüll einer Kutsche ausweichen musste, dabei auf der matschigen Straße ins Rutschen geriet und bäuchlings in den Dreck fiel, stimmte Jean in Tonis Lachen ein. Nur Fina stand ernst zwischen den beiden Männern.

»Was, wenn er wiederkommt?«, flüsterte sie.

Toni legte einen Arm um ihre Schultern. »Du hast mein Wort, dass er nie mehr wiederkommen wird.«

»Sicher?« Skeptisch sah sie von der Seite zu ihm auf.

»Ganz sicher.« Toni presste die Lippen fest aufeinander und nickte ein paarmal. »Darauf lässt es ein feiger Hund wie der nicht ankommen, dass sein Warenlager durchsucht wird. Und dass sie etwas finden werden, was nicht auf legalem Weg in seine Backstube gelangt ist, das wissen Jean und ich aus erster Hand.«

»Ich danke Ihnen so sehr, Monsieur Toni, Monsieur Jean«, sagte Fina, als sie wieder ins Haus traten.

Aber die Erleichterung wollte sich bei Fina nicht so recht einstellen. Auch dann nicht, als sie wieder zu den Kindern in den Salon trat und sah, wie friedlich die Kleinen miteinander spielten.

Das eine Schicksal, Krülls Frau zu werden, war ihr erspart geblieben, aber was wartete stattdessen auf sie? Wie sollte es bloß mit ihr weitergehen, wenn ihr Vater aus dem Zuchthaus herauskam? Was sollte aus ihr und Alexandre werden? Wie sollte sie weiterleben, ohne ihn in ihrer Nähe zu wissen? Ohne sein liebes Lächeln, seine zärtlichen Gesten, seine verliebten Blicke …

Ihren Vater würden die Hausherren nicht einschüchtern. Das würde sie nicht zulassen. Trotz allem, was er ihr angetan hatte, würde Fina ihn niemals verraten oder zulassen, dass er alles verlor, was er sich aufgebaut hatte.

Fina wusste, wohin sie gehörte – obwohl es ihr fast das Herz brach.

17

Alexandre! Sie musste ihm sofort erzählen, wie die beiden Hausherren sich für sie eingesetzt und wie sie den Krüll davongejagt hatten! Wie stolz konnte er auf einen so unerschrockenen Vater und einen so couragierten Onkel sein. Ob er im Geschäft war und den Frauen beim Verkauf half? Das tat er häufig am Nachmittag, wenn die Schule vorbei war.

Als sie sah, dass die Kinder immer noch in ihr Spiel vertieft waren, schlich sie sich abermals aus dem Salon.

Louis blickte zu ihr hinüber.

»Ich bin gleich wieder zurück«, flüsterte sie dem Kleinen zu. Die anderen schauten gar nicht erst von den Holzbauklötzen auf.

Fina eilte durch die Privaträume, die mit dem Geschäft verbunden waren. Durch eine Tür gelangte man in das Lager und den Ankleideraum des Ladens. Sie lauschte am Ritz und öffnete die

Tür dann so leise wie möglich, als sie vom Geschäft her undeutliches Gemurmel und leises Lachen hörte. Mit einem Auge spähte sie durch den Spalt und entdeckte tatsächlich Alexandre.

Er saß in seinem blauen Rock mit der dunkelgelben Weste auf einem zierlichen Sessel, die langen Beine in den Stulpenstiefeln übereinandergeschlagen. Auf dem Stuhl ihm gegenüber thronte eine junge Frau in einem weich fließenden Kleid, mit zarter Spitze am Dekolleté, die Füße in schmalen Stiefelchen. Sie hielt eine Stoffprobe in den Händen, die sie gerade mit einem verklärten Lächeln auf dem hübschen Gesicht an ihre Wange schmiegte.

»Oh, ich hoffe so sehr, dass Mama mir genau diesen Stoff auswählt für das Festkleid. Er fühlt sich himmlisch weich und kostbar an.«

»Das ist Seide aus der besten Spinnerei Kölns«, erklärte Alexandre und erwiderte das Lächeln der jungen Schönen, wie Fina mit einem Ziehen in der Magengrube bemerkte. »Sie würde dir vorzüglich zu Gesicht stehen, Adele. Das zarte Rosé betont deinen makellosen Teint.«

Beschämt senkte diese Adele den Blick, aber das Lächeln blieb. »Du schmeichelst mir, Alexandre.« Fina musste ein Schnauben unterdrücken.

»Aber niemals, liebe Adele! Der Ton passt ganz bezaubernd zu einer jungen Frau. Ich werde deiner Mama gut zureden, damit sie ihn für dich kauft. Und dann sollst du staunen, welche Kreation meine Mutter für dich entwirft. Sie hat ein Händchen dafür, die Vorzüge ihrer Kundinnen zu betonen und gleichzeitig den französischen Chic herauszuarbeiten.«

»Weiß ich doch, weiß ich doch, Alexandre. Genau deswegen sind wir doch hierhergekommen. Und natürlich«, wieder senkte sie die Lider und wagte nur einen heimlichen Blick zu ihm, »weil ich gehofft habe, dich hier zu treffen. Wir haben uns viel zu lange nicht gesehen. Beim letzten Ball im Sommer hast du nur einen einzigen Tanz mit mir getanzt. Du musst mir versprechen, dass du mich beim nächsten Mal nicht so sträflich vernachlässigst.« Mit spöttisch gekraustem Näschen schaute sie ihn nun an und Fina spürte eine heiße Wut in sich aufsteigen.

»Aber liebste Adele«, Alexandre nahm ihre Hand, beugte sich darüber und deutete einen Handkuss an, »als ich deiner ansichtig wurde, war deine Tanzkarte längst gefüllt. Ich hatte gar keine Gelegenheit, dich mehr als einmal auf die Tanzfläche zu führen. Und dieses Mal wird es nicht anders sein, wenn du in deinem Traum in Rosé den Ballsaal betrittst. Die jungen Männer werden sich die Hälse verrenken und sich duellieren, um auch nur ein einziges Mal den Walzer mit dir zu tanzen.«

Adeles Lachen klang wie die hohen Töne eines Glockenspiels. Für Fina ein schmerzhaftes Geräusch, das in ihrem Kopf vibrierte.

Ich habe eine Bekanntschaft gemacht, die mein Herz näher angeht.

So leise wie möglich machte sie die Tür wieder zu, lehnte sich für einen Moment dagegen und schloss die Augen. Sie spürte, dass sich eine Träne aus ihren Wimpern löste und über ihre Wange lief. Zitternd holte sie Luft.

Ich habe eine Bekanntschaft gemacht, die mein Herz näher angeht. Was für ein grausames Missverständnis. Sie hatte angenommen, er zitiere für sie aus dem Werther, und in ihrer Verblendung die Worte mit süßem Schauer an sich gerichtet gefühlt. Hätte sie ihn nur ausreden lassen, anstatt die Arme um ihn zu schlingen. Dann wäre ihr diese Erschütterung erspart geblieben. Alexandre und Adele.

Da also hatte sie den Beweis, wenn es vielleicht noch den letzten Hauch einer Hoffnung gegeben hatte.

Alexandre machte nach allen Regeln der Kunst jungen Damen aus seinen Kreisen den Hof.

Warum auch nicht? Mit seinen sechzehn Jahren war es sein gutes Recht, sich unter den Schönen der Stadt umzusehen. Und dass Adele glaubte, zu den Allerschönsten zu gehören, das war nicht zu übersehen. Was die sich bloß einbildete!

Wie Alexandre an ihren Lippen gehangen und den Blick ihrer himmelblauen Augen gesucht hatte! Dass ihm so eine affektierte Person gefiel … Unglaublich. Aber es war nicht auszuschließen, dass er genau so eine irgendwann zum Traualtar führen würde. Sie war standesgemäß und alle Welt würde entzückt sein, wie wunderbar sie zu ihm passte.

Fina zerriss es schier das Herz. Wäre sie ihm doch bloß nie begegnet, hätte er sie doch nur nie geküsst und liebkost. Was war sie überhaupt für ihn? Nur eine kleine Affäre zum Zeitvertreib? Hatte sie sich wirklich so sehr getäuscht?

Ihr wurde speiübel, als sie sich vorstellte, wie ihr geliebter Alexandre mit Adele über die Straßen flanierte und im Ballsaal beim Walzer umjubelt wurde, während sie selbst wieder ihr erbärmliches Leben in der Spielmannsgasse führte. Ohne ihn.

Fina schlug die Hände vors Gesicht und weinte vor Wut und Verzweiflung.

Sie wünschte, sie wäre niemals in dieses Haus gekommen. Wenn sie Alexandre nie kennengelernt hätte, nie erfahren hätte, wie wundervoll das Leben in der Geborgenheit einer großen Familie sein konnte, wenn sie nie gespürt hätte, wie süß seine Küsse waren, dann wäre der Schmerz nicht so heftig, wenn sie wieder in die Wirklichkeit gestoßen wurde.

Aber so wusste sie nun ja, was sie entbehrte, und der Gedanke, dies alles wieder aufzugeben, schmerzte wie ein Messer in ihren Eingeweiden.

Wenn sie ganz, ganz viel Glück hatte, würde Madame Billa ihr möglicherweise eine dauerhafte Anstellung als Kindermädchen anbieten.

Aber würde sie das wollen? Würde sie es ertragen, in Alexandres Nähe zu sein und gleichzeitig zu wissen, dass er einer anderen den Hof machte? Würde sie seine verliebten Blicke verschmerzen können, die nicht ihr galten, sondern einer anderen?

Nein, das war mehr, als ihr Herz ertragen konnte.

Dann lieber weit, weit weg sein und versuchen zu vergessen.

18

Madame Billa, wäre es wohl möglich, dass ich bei Tisch neben Ihnen sitze?«

Sie spazierten zum Esszimmer, als Fina ihre Gastgeberin flüsternd ansprach. Sie hatte sich ihre Worte genau zurechtgelegt und hoffte nur, dass die Dame des Hauses nicht allzu bohrende Fragen stellen würde.

»Selbstverständlich, Fina. Gibt es einen Grund für deinen Wunsch?« Billa legte ihr beim Gehen die Hand auf die Schulter und musterte sie besorgt von der Seite.

»Nun, wir hätten dann Gelegenheit, uns über die Kinder auszutauschen. Es gibt immer kleine Geschichten zu berichten und ich mag sie nicht quer über den Tisch zum Besten geben.«

»Oh, das ist ein vernünftiger Vorschlag, Fina. So machen wir es. Sophie hat sicher nichts dagegen, einen Stuhl aufzurücken, damit du zwischen uns Platz nehmen kannst.«

Damit war das Thema erledigt und Fina eine große Sorge los. Sie schämte sich ein bisschen, weil sie geflunkert hatte: Natürlich ging es ihr nicht darum, über die Kinder zu plaudern, sondern darum, nicht mehr neben Alexandre zu sitzen. Nicht mehr sein Bein an ihrem zu spüren, die heimliche Berührung seiner Hand, wann immer die anderen nicht hinsahen. Seinen warmen Atem, der über ihre Wange hauchte, wenn er sich zu ihr beugte, um ihr etwas zuzuflüstern …

Sie hätte schon viel früher konsequent die Nähe zu ihm meiden müssen, aber nun, da sie ihn mit der schönen Adele gesehen hatte, wusste sie, dass sie keine andere Wahl mehr hatte. Sie musste eine große Distanz zu ihm aufbauen, um irgendwie unbeschadet aus dieser verzwickten Sache herauszukommen. Solange seine Nähe sie zum Zittern und Seufzen brachte, konnte sie keinen klaren Gedanken fassen.

Ein kühler Verstand schien jetzt das Einzige, was sie retten konnte.

Sehr wohl bemerkte sie Alexandres erstauntes Gesicht, als sie sich neben Madame Billa niederließ. Die Frage in seinen Augen schmerzte sie, aber sie versuchte, seinem Blick auszuweichen und so zu tun, als sei nichts Ungewöhnliches passiert.

Sie zwang sich, ein paar Löffel der Gemüsesuppe zu essen und dabei lächelnd mit Madame Billa

Konversation zu betreiben. Welcher Tumult in ihrem Inneren tobte, ging niemanden etwas an.

Nach dem Abendessen trat Alexandre ihr in den Weg, als sie sich in ihr Zimmer zurückziehen wollte.

»Sehen wir uns gleich, Fina? Wir müssen uns noch entscheiden, ob wir zunächst die Wahlverwandtschaften oder den Wilhelm Meister lesen. Oder magst du vielleicht einen der Gedichtzyklen kennenlernen? Ich werde alle Werke zusammensuchen, damit ich sie dir vorlegen kann ...«

Fina hob eine Hand und schloss für einen Moment die Augen, bevor sie Alexandre ansah. »Bitte hör auf, Alexandre. Es hat keinen Sinn, einem Mädchen wie mir die hohe Dichtkunst nahezubringen. Lesen kann ich inzwischen recht gut – es reicht aus, um die Preise auf dem Bauernmarkt zu entziffern und die Liste der Verstorbenen am Kirchenportal. Mehr ist nicht nötig, denke ich.«

Alexandre zuckte zusammen und wich einen Schritt zurück. »Aber ... aber, Fina ... Ich dachte, du wolltest mehr, viel mehr! Du bist so begabt, so empfindsam, so feinsinnig, so empfänglich für die Schönheiten der Sprache ... Es wäre eine Schande, dein Talent brachliegen zu lassen und ...«

»Versteh doch, Alexandre. Ich brauche dieses ganze unnütze Wissen nicht und ich will es auch gar nicht haben«, fügte sie hinzu und schluckte schwer. Wie weh ihr diese Lüge tat! Und wie sehr sie der verletzte Ausdruck in Alexandres Gesicht schmerzte.

Er verneigte sich steif. »Entschuldige, Fina. Dann habe ich wohl einiges missverstanden. Ich werde nicht mehr weiter in dich dringen, wenn dir an den Lesestunden nichts liegt. Es ist selbstverständlich deine Entscheidung, obwohl ich die Abende mit dir vermissen werde. Ich habe deine scheinbare Freude an den Texten und deinen charmanten Widerspruchsgeist stets sehr genossen.«

Fina stand vor ihm und kämpfte mit den Tränen.

Bloß jetzt nicht weinen! Bloß ihm jetzt nicht um den Hals fallen und gestehen, wie viel ihr selbst die Stunden im Kerzenschein über den Büchern mit ihm bedeutet hatten. Wie viel Kraft ihr diese Gespräche mit ihm verliehen hatten … Doch sie fortzusetzen würde nur heißen, die Qual zu verlängern. Es musste ein Ende haben.

Sie knickste. »Vielen Dank, Alexandre.« Dann drehte sie auf dem Absatz um und lief davon, viel schneller, als sie beabsichtigt hatte. Sie wusste, dass es aussah wie eine Flucht, aber sie konnte es nicht verhindern.

In ihrem kleinen Zimmer warf sie sich aufs Bett und ließ endlich den Tränen freien Lauf. Alle Anspannung löste sich in einem wahren Sturzbach, der ihr Kopfkissen durchnässte.

Sie schluchzte und schniefte und musste sich ein ums andere Mal beteuern, dass sie richtig gehandelt hatte. Vernünftig. Ihr Verstand wies ihr den rechten Weg – auf ihr Herz war kein Verlass mehr.

Später griff sie nach dem Büchlein, das auf ihrem Nachttisch lag, und versuchte, den Werther ein weiteres Mal zu lesen, versuchte, sich an die Stellen zu erinnern, die sie miteinander diskutiert hatten, versuchte, die Absätze zu finden, die Alexandre am meisten bedeuteten.

Doch die Buchstaben verschwammen vor ihren Augen, weil die Tränen nicht versiegen wollten, und ihre Gedanken trieben ab.

Sie nahm das in Leder gebundene Buch und drückte es an ihr Herz. Nein, sie würde das Lesen nicht aufgeben. Niemals.

Sie würde ihre neu erworbene Fähigkeit nicht nur für Fischpreistafeln und Todeslisten gebrauchen.

Sie würde weiter lesen, wann immer sich ihr eine Gelegenheit bot. Sicher würde Monsieur Toni ihr erlauben, sich auch andere Werke aus der Bibliothek auszuleihen, und solange sie hier wohnte, würde sie so viele Bücher lesen wie nur eben möglich.

Vor einigen Wochen – in einer anderen Zeit, wie es ihr nun schien –, als sie in den Brombeerbüschen gehockt und dem Schulunterricht gelauscht hatte, hatte sie sich noch gefragt, warum sie das eigentlich tat. Sie hatte diesen Drang verspürt, lesen zu können, ohne zu wissen, woher diese Sehnsucht rührte und wohin sie führen würde.

Jetzt wusste sie es.

Ein Leben ohne Romane, Novellen, Dramen und Gedichte konnte sie sich nicht mehr vorstellen. Die Literatur, die ihr Alexandre nahegebracht hatte, stellte eine Bereicherung für ihr Leben dar, wie sie es niemals für möglich gehalten hätte. Für sie fühlte es sich an, als hätte ihr ausgeprägter Hang, sich in Träumen zu verlieren, endlich einen Kanal gefunden, einen Weg, der sie in ungeahnte Sphären führte.

Natürlich würde es auch ihr fehlen, die schöngeistigen Werke mit Alexandre zu besprechen und seine Ansichten zu hören. Aber ein kleiner Trost wäre es schon, wenn sie wenigstens alleine in die Welt der Dichter und Denker hinabtauchen konnte. Hinein in eine Welt, in der mit Sprache und Fantasie Träume erschaffen wurden. Davon konnte sie niemals genug bekommen.

Als sie am nächsten Morgen erwachte, lag sie in ihrem Kleid auf dem Bett, das Buch immer noch an ihr Herz gedrückt.

Sie erschrak und sprang auf. Himmel, sie war vor Erschöpfung eingeschlafen und die ganze Nacht nicht aufgewacht! Das war ihr niemals zuvor passiert und sie hoffte, dass sie nicht zu spät kommen würde, um die Kinderschar in Empfang zu nehmen.

In aller Eile richtete sie ihr Kleid und trat vor den Waschtisch, um ihr Haar zu ordnen und ihr Gesicht mit dem kalten Wasser aus dem Krug zu bespritzen.

Sie öffnete die Tür und lauschte nach draußen. Nein, noch keine Stimmen zu hören.

Ob sie vielleicht einen kleinen Morgenspaziergang wagen konnte, bevor die anderen erwachten? Das würde sie erfrischen und ihren Kopf kühlen.

Sie warf sich ihren Umhang über, befestigte ihn mit der Schnalle unter dem Hals und zog die Kapuze hoch. Dann schlüpfte sie in ihre Schuhe und lief leise die Treppen hinab in die Eingangshalle.

Der Bote hatte bereits die Kölnische Zeitung gebracht. Sie lag auf der Kommode neben der Pforte, wo sie einer der Hausangestellten offenbar abgelegt hatte. Im Vorbeigehen warf Fina einen Blick darauf – und stutzte. Sie blieb stehen und griff nach dem bedruckten Papier. Zeitungen hatte sie schon häufiger in den Händen gehalten – aber meist nur, um darin eingewickelten Fisch zu entblättern. Noch eine Herausforderung, der sie sich in nicht allzu ferner Zukunft stellen würde. Himmel, wie groß war die Welt der Sprache! Was war ihr bisher nur alles entgangen!

Es knisterte in ihren Händen. Auf der ersten Seite gab es Meldungen in mehreren Spalten, aber eine Überschrift stach ihr besonders in die Augen.

Die Buchstaben begannen zu verwirbeln, als sie sie las.

Zuchthäusler auf der Flucht erschossen.

Das Blut rauschte in ihren Ohren und sie versuchte so schnell wie möglich, den Text unter der Überschrift zu entziffern. Einen Moment später gab es keinen Zweifel mehr.

Die Rede war von dem *»Kölner Bürger Bernhard B., der wegen Schleichhandels eingekerkert worden war«*. Bei seinem Versuch, die Wachen während der Essensvergabe zu überwältigen, war er von einem der Soldaten mit einem Schuss in den Rücken niedergestreckt worden. Er verstarb kurz darauf und sollte in den nächsten Tagen auf dem Friedhof vor den Toren der Stadt begraben werden.

Der Boden unter Finas Füßen fing an zu beben und sich zu drehen.

Ihr Vater – erschossen! Der einzige Mensch, der noch zu ihr gehörte, war tot. *Papa.* Wie Sternschnuppen vor dem dunklen Firmament blitzten Erinnerungen auf. Wie er sie nach der Demütigung des Tuchhändlers gehalten hatte, in der dunklen Gasse. Wie er ihr den Bierkrug zuschob, in dem unbeholfenen Bemühen, ihr etwas Gutes zu tun. Wie er, als er glaubte, sie bemerke es nicht, die Decke über sie breitete, als sie einmal vor Erschöpfung auf der Bank neben dem Ofen eingeschlafen war. *Mach mir keine Fisimatenten, Hühnchen.*

Was sollte nun aus ihr werden? Wo sollte sie hin?

Die Höflichkeit ihrer Gastgeber hatte sie längst überstrapaziert. Es konnte nur noch wenige Tage dauern, bis man sich danach erkundigte, wann sie denn wieder heimzukehren gedachte. Was würden Madame Billa und Monsieur Toni sagen, wenn sie erfuhren, dass sie nun eine Waise war, die keinen Platz mehr in Köln hatte?

Sie würden das Naheliegende vorschlagen: sie in ein Arbeitshaus zu schicken, damit sie ihren Lebensunterhalt verdiente und ihnen nicht länger auf der Tasche lag.

Dass sie ihr Arbeit als Kindermädchen gegeben hatten, war doch nicht mehr als Wohltätigkeit gewesen. Gebraucht wurde sie hier auf Dauer nicht. Die Kinder würden größer werden, und bis dahin war die Großmutter zugegen, die sich einige Male schon beschwert hatte, sie würde die Kleinen gar nicht mehr zu Gesicht bekommen.

Wie dankbar wäre die alte Madame Togler, wenn sie die Enkelkinder endlich wieder ganz für sich allein hätte … Alexandre würde seine angebetete Adele heiraten und sie würde ihn niemals wiedersehen. Und was aus ihr, aus dem Schmugglermädchen Fina, wurde ... Die Zeitung glitt ihr aus der Hand, als sie sich an der Kommode festklammerte, um Halt zu finden. Sie sackte mit Rücken und Kopf gegen die Wand und schloss die Augen. Dann rutschte sie hinab, blieb mit angewinkelten Beinen so sitzen, bis ihre Gedanken sie vollends verließen.

19

Ein kühler Lufthauch wehte über ihr Gesicht. Fina blinzelte. Sie rümpfte die Nase, als sie den intensiven Duft nach Eau de Cologne roch.

Endlich schlug sie die Lider auf und blickte in die besorgten Gesichter der beiden Damen des Hauses: Mesdames Sophie und Billa hatten sich auf den Steinboden gehockt und sich über sie gebeugt. Während die eine ihr mit einem Fächer Luft zuwedelte, hielt die andere ihr ein Fläschchen des berühmten Duftwassers unter die Nase.

»Na endlich, Fina! Da bist du ja wieder!«, stieß Madame Sophie hervor.

»Hast du dich verletzt?«, erkundigte sich Madame Billa.

Fina bewegte sacht ihre Glieder, um zu spüren, ob irgendein Knochen gebrochen war. Aber sie fühlte keine Schmerzen, nur die Härte des Bodens unter ihrem Po und die Wand an ihren Schulterblättern.

Sie ächzte leise, als sie sich aufzurichten versuchte, aber Billa hielt sie zurück. »Warte noch einen Augenblick.« Sie gab ihrer Schwester mit den Augen ein Zeichen, und Sophie sprang auf, um ein mit Fransen verziertes Kissen zu holen, das auf einem der zierlichen Sessel in der Halle lag. Dies schob sie Fina behutsam hinter den Kopf.

»Ich … ich …«, begann Fina, als ihr die Erinnerung kam. Ihr Vater, erschossen …

»Pst …«, machte Billa und legte ihr einen Zeigefinger auf den Mund. »Wir haben die Zeitung gelesen. Sie lag neben dir. Es war klar, dass irgendeine Nachricht dich so derart aus der Fassung gebracht haben musste, dass … Sie war nicht schwer zu finden. Es tut mir so leid, Mädchen.«

»Es muss furchtbar für dich sein, deinen Vater verloren zu haben«, murmelte nun auch Sophie.

Fina nickte und spürte, wie sich ihre Augen mit Tränen füllten. »Einen solchen Tod hat er nicht verdient«, sagte sie mit rauer Stimme. »Ja, er war ein Schmuggler und hat die Gesetze mit Füßen getreten, aber im Grunde seines Herzens war er kein schlechter Mann. Für mich wollte er immer nur das Beste, auch wenn ich selbst nicht immer einverstanden war.«

»Auch wir haben früh unseren Vater verloren«, erzählte Sophie. »Ich kann verstehen, wie du dich jetzt fühlst …«

»Aber Sie ... Sie hatten immer noch Ihre Mutter«, erwiderte Fina und wischte sich mit dem Handrücken über die Augen. Als sie sich wieder aufzurichten versuchte, fassten die beiden Frauen sie unter den Armen.

»Komm, Fina, wir bringen dich erst einmal in dein Zimmer. Du kannst dir heute freinehmen. Meine Mutter wird sich um die Kleinen kümmern. Sieh nur zu, dass du bald wieder auf die Beine kommst«, sagte Billa.

Natürlich, dachte Fina mit einem Anflug von Bitterkeit, *ich werde hier nicht wirklich gebraucht.* Genau so hatte sie ihre Lage eingeschätzt. Es tat weh, dies ausgesprochen zu hören aus dem Mund der Frau, die sie so sehr verehrte. Es war gut, dass Sophie und Billa sie hielten – Finas Knie schlotterten zu heftig, um ihren Körper zu tragen. Sie halfen ihr, den Umhang abzunehmen und die Schuhe abzustreifen.

Endlich lag Fina auf dem weichen Bett und schloss für einen Moment die Augen. Ein kleines Lächeln spielte um ihren Mund, aber es kam nicht von Herzen. »Immer, wenn es dramatisch in meinem Leben wird, versinke ich in gnädige Schwärze. Was für ein Schwächling ich bin«, sagte sie mit einem Seufzen. »Ich sollte dagegen ankämpfen, sonst verpasse ich am Ende noch das Wichtigste.«

Billa hatte sich den einzigen Stuhl im Raum herangezogen, Sophie ließ sich auf der Bettkante nieder.

Billa nahm Finas Hand. »Dagegen kannst du nicht ankämpfen, Mädchen. Nimm es einfach so hin, dass dir das Schicksal eine Ruhepause gönnt, wenn es gar zu hart zuschlägt. Den eigenen Vater zu verlieren, das reißt auch stärkeren Menschen als dir den Boden unter den Füßen weg.«

Fina schwieg einen Moment. Nur ihr leises Schniefen war zu hören. »Ich ... ich weiß nicht, was ich jetzt machen soll«, sagte sie schließlich mit dünner Stimme. »Wo soll ich denn hin?« Sie wandte den beiden Frauen wieder ihr Gesicht zu und sah sie abwechselnd an.

Zu ihrer Überraschung blickten sowohl Billa als auch Sophie verdutzt zurück, bevor sie einen Blick wechselten und ungläubig die Köpfe schüttelten.

»Was heißt denn das, Fina?«, sagte Billa endlich. »Es ist doch klar, wo du hingehörst, denke ich, oder?«

»Ja?« Finas Augen weiteten sich.

Sophie lachte. »Na hör mal, du kleines Dummerchen! Hast du etwa angenommen, wir würden dich jemals wieder gehen lassen?«

»Nicht?«

Nun lachte auch Billa. »Du glaubst wirklich, wir würden dich aus dem Haus jagen, nachdem du deinen Vater verloren hast? Fina, das enttäuscht mich jetzt aber. Hältst du uns für so herzlos? Selbstverständlich kannst du bei uns bleiben, solange es dir beliebt. Die Kinder brauchen und lieben dich, und im Übrigen gehörst du doch schon fast zur Familie!«

»Ist das Ihr Ernst?« Für Fina klang ihre eigene Stimme fremd in ihren Ohren.

»Unser voller Ernst, liebste Fina«, bekräftigte Sophie, nahm die Decke, die zusammengerollt am Fußende lag, und breitete sie über Fina aus, sodass nur noch ihr Gesicht, mit spitzer Nase, dünnen Lippen und kugelrunden Augen wie ein Mäuschen, herausblickte. »Wir lassen dich nicht mehr weg. Allein schon deswegen, weil ich jemanden kenne, dem es das Herz brechen würde, dich nicht mehr täglich um sich zu haben …«, fügte sie geheimnisvoll lächelnd an.

Billa zwinkerte ihr zu und Fina spürte, wie ihr Herzschlag sich verdoppelte. Dem es das Herz brechen würde? Sie sprach doch nicht etwa von …

»Ich sage Alexandre Bescheid, dass er dich am Abend, wenn du dich ausgeruht hast, besuchen kommen kann. Wenn wir dich nicht überzeugen können, dass du zu uns gehörst, dann vielleicht mein Herr Sohn mit seinen Märchenaugen.« Sophie lachte und sah dabei übermütig aus wie das junge, quirlige Mädchen, das sie vor zwanzig Jahren gewesen sein musste.

Bevor Fina noch etwas erwidern konnte, waren die beiden Schwestern schon an der Tür, winkten noch einmal und verließen das Zimmer.

Als sich die Tür hinter ihnen schloss, blieb nur die Stille zurück und Fina meinte, ihren eigenen Herzschlag zu hören. Sie konnte nicht fassen, was Sophie ihr soeben zu verstehen gegeben hatte. Ob Alexandre wirklich in sie, Fina, verliebt war? Sie wagte nicht, daran zu glauben. War es denn wirklich mehr für ihn gewesen als nur ein neckischer Zeitvertreib, um seinen charmanten Umgang mit jungen Frauen zu erproben?

Und wenn das stimmte, dann hätte Sophie offenbar nichts gegen eine Verbindung der beiden einzuwenden. Würde sie ihn sonst zu ihr schicken?

Dabei hatte sie, Fina, doch mit eigenen Augen gesehen, wie er mit anderen jungen Frauen anbändelte, Frauen, die viel besser zu ihm passten, die hübscher, klüger, gebildeter waren.

Vielleicht irrte Madame Sophie? Vielleicht wollte sie ihr in ihrer misslichen Lage nur Mut zusprechen?

Fina kam zu keinem guten Schluss, während ihre Gedanken wild durcheinanderwirbelten.

Als ihr endlich die Augen zufielen, nahm sie das Bild von Alexandre mit in den Schlaf, wie er sich zu ihr beugte, seine samtenen, leicht geöffneten Lippen, die sich ihrem Mund näherten …

20

»Es tut mir so leid, was deinem Vater passiert ist, Fina.« Wie wenige Stunden zuvor seine Mutter, saß nun Alexandre auf der Bettkante, dicht neben Fina, sein Gesicht ihrem so nah wie in dem Traumbild.

Er hatte ihr einen Krug Wasser mitgebracht, dazu frisches, duftendes Brot und milden Käse.

Fina nahm einen langen Schluck und aß ein paar Happen, obwohl sie keinen Hunger verspürte. Widerstreitende Gefühle tobten in ihr. Die Trauer um ihren Vater, die Ungewissheit, was aus Alexandre und ihr werden würde, die warmherzigen Worte der beiden Damen des Hauses … Alles schien in Unordnung zu sein.

»Magst du ein wenig spazieren gehen, Fina?«

Sie staunte, wie unsicher er klang, als befürchte er, dass er sie mit seinem Vorschlag brüskierte. Fina sah in seine Augen, versank in seinem Märchenblick, spürte, dass er sich genau wie sie in diesem Moment an den Kuss erinnerte, den sie so inniglich und süß getauscht hatten. Es schien, als läge dieser zauberhafte Moment Jahrzehnte zurück, so viel hatte sich in der Zwischenzeit verändert.

Fina richtete sich auf und strich die Brotkrümel von ihrer Decke. »Ja, ich würde sehr gern an die frische Luft.«

Ein Strahlen ging über Alexandres Gesicht, als hätte sie ihm soeben zu etwas Größerem das Jawort gegeben als nur zu der Bitte, einen Spaziergang zu unternehmen.

»Dann zieh dich warm an, Fina! Es ist kalt draußen, die Luft riecht schon nach dem ersten Schnee in diesem Jahr, aber der Himmel ist blau wie der Ozean und die Sonne vergoldet die Türme der Stadt.«

Fina musste lachen. »Vielleicht solltest du doch selbst unter die Dichter gehen, statt nur die Werke der anderen zu lesen. Ich finde dich so begabt.«

Alexandre grinste. »Wer weiß, was die Zeit bringt. Aber wenn, dann widme ich mein erstes Gedicht dir, Fina«, fügte er ernst an und stürzte sie damit ein weiteres Mal in tiefe Verunsicherung. Ob er dies auch Adele versprochen hatte? Oder einer der anderen Töchter der feinen Kundinnen?

»Komm, lass uns aufbrechen«, sagte sie ausweichend und fühlte zu ihrer Erleichterung, dass ihr der Schlaf gutgetan hatte. Ihre Knie waren wieder kräftig, zuverlässig trugen sie ihre Beine, und sie fühlte sich erfrischt und voller Tatendrang. Sie war entschlossen, die Dinge ins Reine zu bringen. Wie auch immer es ausgehen mochte.

Alexandre hatte nicht zu viel versprochen: Ein herrlicher Abend im Spätherbst erwartete sie. Fina hakte sich nach kurzem Zögern bei ihm ein, als er ihr den Arm bot, während sie mit weit ausholenden Schritten durch das Tor in der Stadtmauer zum Rheinufer hinunterspazierten.

Der Fluss glitzerte in der tief stehenden Sonne, kleine Wellen schwappten glucksend an den Kieselstrand zu ihren Füßen. Eine gegen die Kälte aufgeplusterte Entenfamilie zog einträchtig an ihnen vorbei. In der Ferne sahen sie den Hafen, in dem die großen Schiffe vertäut lagen.

Sie verlangsamten den Schritt, schlenderten über den Treidelweg und genossen die warmen Strahlen der Novembersonne in den Gesichtern.

»Hast du … hast du das ernst gemeint, dass du mir dein erstes Gedicht widmen würdest?«, wagte Fina schließlich zu fragen, nachdem sie eine Weile schweigend nebeneinanderher gegangen waren.

»Nie habe ich etwas ernster gemeint als das, Fina!«, erwiderte Alexandre. »Ich würde so gerne deine herrlichen Locken in Versen anbeten, deinen süßen Mund, deine rosige Haut, die die

Abendsonne zum Schimmern bringt. Ich möchte schreiben, wie mir das Herz übergeht, wann immer dein Blick auf mir ruht, wie ich deiner Stimme lausche, als wäre sie die herrlichste Melodie, die Menschen je zu Gehör bekommen haben …«

Fina blickte ihn von der Seite an, wie er kurzerhand ins Schwärmen geriet, und wusste nicht, ob sie lächeln sollte. So eine romantische Seele war er, so wundervolle Worte fand er aus dem Stegreif …

Aber was steckte hinter diesen Worten? Berauschte er sich nur an der Sprache und seinen eigenen Fähigkeiten oder meinte er, was er sagte?

»Was würde Adele davon halten?«

Alexandre blieb stehen und blickte sie mit hochgezogenen Brauen an.

Fina blieb ebenfalls stehen, löste ihren Arm aus seinem und wandte sich ihm zu, hob das Gesicht. Sie versuchte, furchtlos zu wirken, obwohl sie innerlich große Angst vor seiner Antwort hatte. Aber wenn er ihr gestand, dass er einer anderen jungen Dame den Hof machte, dann wollte sie diese Nachricht wenigstens würdevoll aufnehmen.

»Was soll sie schon dazu sagen? Ich nehme an, es würde sie freuen«, erwiderte er.

»So? Bist du dir sicher?«

»Nein, sicher bin ich mir nicht. Ich weiß nicht,

was in den wirren Köpfen junger Mädchen vorgeht, wie du mir gerade einmal wieder beweist. Ihr seid schon ein merkwürdiges Völkchen. Wie kommst du jetzt bloß auf Adele?«

»Liegt das nicht auf der Hand, Alexandre? Ich habe dich gesehen, dich und sie, im Ankleidezimmer des Geschäfts.«

Alexandre runzelte die Stirn beim Nachdenken. »Verzeih, Fina, aber ich kann dir nicht folgen. Was genau hast du gesehen? Ich bin häufig im Ankleidezimmer, und ich unterhalte mich auch dann und wann mit den Töchtern der Kundinnen, während die Damen sich von meiner Mutter und meiner Tante die Modelle vorführen lassen.«

»So, das gehört also zum Kundendienst, ja? Unterhaltung für die Töchter, damit ihnen die Zeit nicht lang wird.«

»Wenn du so willst – ja. Es macht mir nichts aus, und wenn Mama und Tante Billa dann bessere Gelegenheit haben, die Kundinnen vom Kauf zu überzeugen … Was ist schon dabei?«

Fina trat einen Schritt zurück. »Für mich sah das aber nach allem anderen aus als nach einem harmlosen Vergnügen. Ich hörte, wie ihr euch zum Ball verabredet habt und dass ihr dann miteinander tanzen wollt.«

Alexandre starrte sie immer noch verwirrt an, aber nun entspannte sich seine Miene und er lachte auf. »Jetzt verstehe ich, Fina! Ich bin aber auch ein Tölpel. Du bist eifersüchtig! Du bist eifersüchtig auf Adele! Wie niedlich, wie ganz außerordentlich entzückend das ist! Himmel, wie dumm von dir, kleine Lotte.« Er tat einen Schritt auf sie zu, breitete die Arme aus, aber Fina wich ihm aus, setzte stattdessen den Weg fort, so schnell, dass Alexandre Mühe hatte, neben ihr zu bleiben.

»Ich weiß nicht, was daran lustig ist, Alexandre Leblanc«, erwiderte sie empört und gleichzeitig verwirrt. Warum erheiterte ihn ihre Anschuldigung? »Es gehört sich nicht, eine Dame zu umwerben und gleichzeitig die Hoffnungen einer anderen durch einen Kuss zu wecken.«

Alexandre packte sie am Arm und hielt sie fest, sodass sie sich zu ihm umdrehen musste. Ihre Wangen waren rosa, ihre Augen sprühten vor Erregung.

»Sag das noch einmal«, flüsterte er.

»Was?«

»Das mit dem Kuss und der Hoffnung.«

Fina presste die Lippen aufeinander und blinzelte irritiert. »Du hast genau verstanden, was ich meine.«

»Kann ich wirklich wagen zu hoffen, dass du dir Hoffnungen auf mehr gemacht hast, nachdem wir uns geküsst haben? Kann ich das wirklich hoffen, Liebste? Du warst gestern so unnahbar, so kühl, wie ein Engel aus Marmor. Ich dachte schon, es wäre für dich nur ein unbedeutendes Ereignis, dabei war ich vom ersten Moment an für dich entbrannt. Ich sehnte mich so sehr danach, dich ein weiteres Mal zu küssen, in den Armen zu halten, mich an deinem süßen Lachen zu laben, deinen Duft einzuatmen, die Sanftheit deiner Lippen zu spüren …«

Jetzt gestattete sich Fina doch ein Lächeln. So romantisch verklärt er auch sprach, sie spürte nun, dass er es ernst meinte, dass er all seine Liebe zu ihr in diese Worte legte. Ihr Herz wurde weit vor Glück.

»Aber … aber warum, Alexandre? Ich bin nur die Tochter eines Schmugglers, dessen elendes Leben ein würdeloses Ende gefunden hat, eine Waise, ohne Heim und ohne Bildung. Was kann ich dir bieten, was du nicht von Adele tausendfach bekämst? Sie ist schön, hinreißend, reich, klug …«

»Das Herz fragt nicht nach dem Warum, meine geliebte Fina«, erwiderte Alexandre und nahm sie in die Arme. Fina fühlte seine Stärke, seinen Atem in ihrem Nacken. Für einen Moment schloss sie die Augen.

Die Arme eng ineinander verschlungen gingen sie weiter, während die Sonne im Westen rot glühend versank. Orangerot leuchtende Wölkchen zogen am Horizont vorbei.

Fina genoss die Nähe zu ihrem Traumprinzen so sehr, dass sie in dieser Stunde allen Kummer vergaß. Nichts zählte mehr, nur dass sie mit Alexandre an diesem Abend zusammen war.

Nach einer Weile des Schweigens stieß Alexandre ein kleines Lachen aus. Offenbar hatte er sich Finas Worte durch den Kopf gehen lassen. »Dass du ausgerechnet aus Adele und mir ein Paar machen wolltest …«

»Wollte ich gar nicht. Es sah nur ganz danach aus.«

»Dann hast du wahrscheinlich nicht mehr mitbekommen, wie sie mir gestand, dass Männer in Soldatenuniform ihr Herz höher schlagen lassen, oder? Du hättest ihr Gesicht sehen sollen, als ich erwiderte, dass ich mit allen mir zur Verfügung stehenden Kräften den Kriegsdienst verweigern würde, falls man mich zur Rekrutierung einberufen sollte. Dass ich lieber die Gutachter bestechen würde, wie es so viele Männer in meinem Alter tun, als mich zum Militärdienst einziehen zu lassen und für die Machtgier eines Bonaparte aufs Schlachtfeld zu ziehen. Ich habe versucht, ihr meinen Standpunkt zu erklären, aber sie war nach meiner leidenschaftlichen Rede gegen Napoleon wie verwandelt. Ihre Stimme klang keifend, ihr Blick war stechend, und sie sorgte dann auch dafür, dass unser kleines Rendezvous ein rasches

Ende fand.« Wieder lachte er. »Besser hätte ich es mir nicht wünschen können. Es kostete mich kaum Mühe. Ich habe einfach nur die Wahrheit gesagt.«

»Das war nicht sehr höflich von dir, sie so vor den Kopf zu stoßen.«

Alexandre hob die Schultern und grinste zu Fina herab. »Die Wahrheit ist nicht immer höflich. Aber die Wahrheit ist auch, Fina, dass ich mich lieber vom Feind erschießen lassen würde, als deine Liebe jemals zu verlieren. Ich würde mich lieber jetzt und hier in den Rhein stürzen, als jemals wieder ohne dich zu sein.«

Jetzt war es an Fina, zu lachen. »Was bist du für ein Träumer, Alexandre. Und ein Romantiker dazu.«

»Ja, Fina, ich habe einen Traum.« Er blieb stehen und umfasste ihre Schultern, sah ihr in die Augen. »Ich will, dass wir zusammenbleiben, komme, was da wolle. Ich will dich nie wieder missen und mit unserer Liebe die Welt aus den Angeln heben.«

Er beugte sich zu ihr, sein Mund war ihrem ganz nah, während er auf ihre Antwort wartete.

»*Und doch, welch Glück, geliebt zu werden. Und lieben, Götter, welch ein Glück*«, flüsterte sie schließlich und lächelte mit tränenfeuchtem Blick.

Er hielt inne, schwieg ein paar Herzschläge lang.

»Du überraschst mich, Fina. Du überraschst mich immer wieder. Hör niemals damit auf, ja?«

»Darauf kannst du dich verlassen«, erwiderte sie und es klang wie ein Versprechen. Sie schlang die Arme um ihn und küsste ihn.

Und zum Schluss …

… noch ein paar Worte zur Geschichte.

In meinem ersten historischen Roman für die Planet-Girl-Reihe »Liebe in allen Zeiten« habe ich geschildert, wie Billa und Toni 1794 den Einmarsch der Franzosen in Köln miterlebten (Martina Sahler: *Wie ein Kuss von Rosenblüten*, Planet Girl 2010). Der vorliegende Roman spielt 17 Jahre später – die Franzosen sind immer noch da, aber sie haben sich viele Sympathien verscherzt, wie ich es in der Geschichte um Fina und Alexandre schildere.

Die Kölner fürchteten, dass ihre Hoffnung auf eine neue politische Ordnung durch die Machtgier Napoleons gefährdet war. Sie spürten, dass der Kaiser dem Untergang nahe war und seine große Armee – die sogenannte *Grande Armée* – in den Abgrund führte. Diese Befürchtungen wurden zur Gewissheit, als Napoleon damit begann, auch aus dem Rheinland Männer für seinen Russlandfeldzug zu rekrutieren. In meinem Roman stehen Alexandre und sein französischer Vater Jean für die beiden gegensätzlichen Standpunkte, die die Bürger zu dieser Zeit vertraten.

Der Schmuggel war in dieser Epoche weit verbreitet, so wie in meinem Roman beschrieben. Schuld daran war die Kontinentalsperre, die Napoleon gegen England verhängt hatte. Damit wollte er Großbritannien mit den Mitteln eines Wirtschaftskrieges in die Knie zwingen und die französische Wirtschaft gegen Konkurrenz schützen.

Napoleons Besuch in Köln im November 1811, seine Unterbringung im Palais des Bürgermeisters an der Gereonstraße und sein Streifzug durch die Gassen Kölns sind geschichtlich verbürgt. Dass er bei seinem Spaziergang von zwei jungen Leuten beobachtet wird, habe ich mir freilich ausgedacht.

Kulturgeschichtlich wird die Epoche, in der mein Roman spielt, der Hochromantik zugerechnet. Gefühl, Leidenschaft, Individualität und die »gequälte Seele« sind zentrale Themen der damaligen Dichtkunst. Alexandre ist ein echtes »Kind« seiner Zeit, wenn er Fina in blumigen Versen und für heutige Begriffe übertrieben romantischen Formulierungen seine Liebe gesteht.

Der Begriff »Romantik« wurde übrigens zur damaligen Zeit in dieser Form noch nicht verwendet – dass ich ihn trotzdem Fina und Alexandre in den Mund lege, ist ein Zugeständnis an die Verständlichkeit.

Der Briefroman *Die Leiden des jungen Werther* des wohl bedeutendsten deutschen Dichters Johann Wolfgang von Goethe (geboren 1749 in Frankfurt a. M., gestorben 1832 in Weimar) erschien 1774 und war schon damals ein Bestseller. Vor allem unter Jugendlichen brach ein richtiges Werther-Fieber aus. Es gab sogar die Werther-Mode: blauer Frack mit Messingknöpfen, gelbe Weste, braune Stulpenstiefel und runder Filzhut. Ich habe mir erlaubt, dem von der Literatur begeisterten Alexandre noch 1811 diesem Trend anhängen zu lassen.

Das Zitat, mit dem Fina Alexandre im Roman beim Liebesgeständnis überrascht, stammt aus Goethes Gedicht *Willkomm und Abschied*, 1789 in einer Sammlung erschienen.

Die Franzosen blieben bis 1814 in der Stadt. Nach ihrem Abzug feierten die Kölner ein wüstes Befreiungsfest und ließen in Spottliedern auf Napoleon und die Franzosen ihren lange gebändigten Gefühlen freien Lauf. Alle Schilder und Wappen, die die Franzosen zurückgelassen hatten, wurden herabgerissen und in den Schmutz getreten, verlassene Amtszimmer und Zollwachstuben wurden verwüstet.

Am 15. Mai 1815 wurde die Stadt am Rhein dem Königreich Preußen zugeschrieben.

Mein großer Dank geht an Frank Dräger, Carolin Böttler, Sarah Haag und Diana Steinbrede für die wertvollen Hinweise und das Vertrauen.

Martina Sahler, im November 2010

Von Martina Sahler u. a. ebenfalls erschienen:

Cyberschokolade
Einfach fliegen
China Blues & Grüner Tee
Sternenhimmel inklusive

Wie ein Kuss von Rosenblüten

Sahler, Martina:
Der Duft von Lavendel
ISBN 978 3 522 50144 6

Einbandgestaltung: Annika Siems
Außentypografie: init.büro für gestaltung, Bielefeld
Innentypografie: Kadja Gericke
Schrift: Meridien
Satz: KCS GmbH, Buchholz/Hamburg
Reproduktion: Medienfabrik, Stuttgart
Druck und Bindung: Friedrich Pustet, Regensburg

5 4 3 2 1°   11 12 13 14

www.planet-girl-verlag.de
www.martina-sahler.de
www.rosenblütenkuss.de